一生中最高兴的一天

路遥 著

北京出版集团
北京十月文艺出版社

一生中最高兴的一天

目录

1 在困难的日子里

78 夏

112 卖猪

121 姐姐

137 黄叶在秋风中飘落

254 一生中最高兴的一天

在困难的日子里

一

一九六一年，正是我国历史上那个有名的困难时期——这个关于我自己的故事，就发生在那个年头。

由于连年歉收，到了六一年，饥饿在中国已经成了一种普遍的现象。而在我们这里的乡下，情况就更显得严重了。我们那些水土大量流失的黄土山地，就是好年景也长不起庄稼来。眼下由于连续不断的干旱，简直再不能指望收获到什么了。有的地块甚至连种子都怕要丢得一干二净。

按季节已经是盛夏了，但田野里那个景象真叫人惨不忍睹：土地一丝不挂地躺在炭火一般灼热的太阳下，皱巴巴的，像害着重病的老年人，没有一点生气。成群结队的鸦雀在荒凉的山洼里飞来飞去，远远看起来,就像秋末的蚊蝇那般失去了活力——它们在大地上再也寻找不到一粒粮食。

村子里早已没有了往日的喧闹。饥饿使所有的人都沉寂下来。人们多年来所有的积蓄都已经在去年的饥馑中荡然无存。灾荒消灭了农村的差别,大家先后都成了赤贫户,人们整天叹息着,咒骂该死的天气……

不久,在村里几个老年人的倡导下,一些庄稼人便脱光了脊背,赤着脚片子,一窝蜂簇拥着"龙王爷"的牌位,开始向老天爷祈雨。大中午,他们光头顶着暴烈的阳光,跟着"龙王爷"的牌位,在龟裂的大地上狂奔呼号,那乱纷纷的赤脚片子在村外的田野里踢蹬起满天的黄尘。

这情况使得村里的党支部非常着急。不信神的共产党员们于是纷纷出发去说服阻挡迷信的庄稼人。但阻挡不住,一时也说服不了。人们已经饿得有点发疯了。本来大多数庄稼人已经多年不信神,饥饿又使他们妄想试试神的威力,不灵了拉倒,反正横竖是个饿!

不管人们怎样饿得发疯,可仍然还像往常一样,抱着收获的希望,继续在焦干的土地上无益地劳作。无论如何,总不能躺在土炕上等死呀。

好在这个大难当头的时刻,曾经用血汗养育过中国革命的这块老根据地的人民,在党的关怀下从外省调拨来了一点救济粮。绝望之中领到了一份救命的吃食,这使得一张张面黄肌瘦的脸上,开始露出了一点生命的笑影。谁也不再抬着"龙王爷"的牌位去求神拜佛了。

可是，这点粮食终究是很难维持长久的。先是村里几个病弱的人，由于缺乏起码的营养倒下了，再也没有起来。接着，带有迷信色彩的各种谣言又在蜂起，使得本来饥饿的人们深深地陷入了精神的恐慌……

一九六一年，这可真是个难熬的年头啊！

不幸的是，我却正是在这艰难贫困的年头，以名列前茅的成绩考入了县上唯一的一所高级中学。

这的确是不幸的——尤其对父亲来说。他本来盼望我考不上。他大概觉得，要是我考不上的话，我的失学就只能怪我自己的不争气，而怪不到他无力负担了吧。要是在本村上小学或者在邻近的镇子里上初中，都可以在自己家里吃饭，这好歹总能凑合的。而到百里路以外的县城去读书，对一个农家户来说，就是好年头也不是一件容易事，何况眼下又到了什么样的境地！难道能带着野菜和榆树皮去学校吗？

当然，父亲从来没有说过这些话，但我早已看出了他的心思。我并不因此而对他懊恼。说起来又怎能怪可怜的父亲呢？我三岁上就失去了母亲，他既是我的爸爸，也是我的妈妈。在十几年并不轻松的生活中，硬是他一手把我拉扯了这么大。他害着那么严重的关节炎，为了多挣点工分，多分点红利，好供养我读书，总是一瘸一拐在山里劳动，在家里操磨，连下雨天都不敢歇一歇的。我知道，他现在实在是没办法了，要是有办法的话，可怜的父亲就是赔上老命也不会委屈我的。看看吧！眼下我们的光景都快烂包了。粮食已经少得再不能少，每顿饭只能在野菜里像调料一样撒一点。地里既然长不起庄稼,连野菜也不多的。父子二人全凭乱七八糟的凑合着过。

对农民来说,没有粮食,当然也就没有钱。我现在已经到了懂得讲究点穿戴的年龄,可几年前做的那身粗布衣服,早已破烂不堪,上面缀满了我自己和父亲帮我缝纳上去的各式各样的补丁。

唉,就这个样子,我自己心里也明白:即使父亲有心供我继续上学,我也起不了身。

可是,一想到我从此就要辍学,心里痛苦得火烧一般。接连几天,我不想吃,也不想睡,夜深人静时,我从熟睡的父亲身边溜出来,出了门,在村外的野地里漫无目的地走;我走着,痛苦地用自己的脚踩踏自己的身影,可那黑色的影子永远在我身边跟随,就像那不幸的命运一样。

艰难的生活使人过早地成熟起来。我已经在认真地思考一些复杂的问题了。我现在痛切地知道,眼前的情况,是我自己在人生道路上一个最重大的转折。我想:如果我能继续上学,说不定将来会成为工程师或者文学家。这样我就会改变我的传统的贫困家境;同时也会实现我想为祖国做出不平凡的贡献的理想。要是我从此中断了学业,那我就不得不继承父亲的地位。这对我来说是极其难堪的。从内心讲,我并不鄙视农民,从我的祖上到我可怜的父亲,就都是土地恭顺的仆人。但我决不满足继承他们的专业啊!我想我应该比他们更有出息,也应该比他们做更大的事业。的确,要不是碰上这么个灾荒年头,亲爱的祖国本来已经给我展现了这样的前程。现在呢……

正当我们父子愁眉苦脸的时候，本来因饥饿变得寡言的乡邻们，都纷纷前来我家提出忠告。少数人劝我休学。他们说这年头在家里总好凑合一些。再说，当农民苦是苦，但将来要是好好成个家，生儿育女，一辈子也照样活人哩。而多数人劝我父亲再咬咬牙，让我把高中上完。他们说我将来一定能考上大学的；等我考上了大学，也许就再不要花费什么了。有的人甚至说，按我的聪明来看，说不定日后还要"留洋"哩。总之，他们认为我前途远大，千万不能给断送了。他们甚至觉得，我所取得的好成绩，对于我们整个马家圪崂村来说，也算是一件了不起的事呢！在这个偏僻而贫穷的小山村里，历史上还有什么事这么荣耀地在全县挂上了号的呢？村里几个辈分很高的白胡子爷爷并且预言我将来要"做大官"。从这点出发，他们几个老人就不光是劝说，而是在训斥和指教我那可怜的父亲了。他们吓唬胆小的父亲说，要是他不供我上学，将来非遭"五雷轰顶"不可！

那几天，这几个在村里受人尊敬的老爷爷，经常瘦骨伶仃地坐在村头土地庙前的阳崖根下，怀着无限的感慨宣传说我将来的发展他们早就预料到了，因为他们年轻时帮忙搬挪过我老爷爷的坟墓，发现一棵老榆树网络般的根须，竟然把他老人家的棺材抬架到墓穴的半空中。他们对这件稀罕事得出的结论是：我们家（或者说是我们马家圪崂村）迟早要出个"贵人"。

"看看，"他们说，"这人恐怕就是建强！"

我的亲爱的父老乡亲们，不管他们有时候对事情的看法有着怎样令人遗憾的局限性，但他们所有的人都是极其纯朴和慷慨的。当听说我父亲终于答应继续供我上学，全村人尽管都饿得浮肿了，仍然把自己那点救命的粮食分出一升半碗来，纷纷端到我们家里。那几个白胡子爷爷还把儿孙们孝敬他们的几个玉米面馍馍，颤巍巍地塞到我的衣袋里，叫我在路上饿了吃。他们分别用枯瘦的手抚摸了我的头，千安顿，万嘱咐，叫我好好"求功名"去。我忍不住在乡亲们面前放声痛哭——自从妈妈死后，我还从来没有这样哭过一次。我猛然间深切地懂得了：正是靠着这种伟大的友爱，生活在如此贫瘠的土地上的人们，才一代一代延绵到了现在……

就这样，在一个夏日的早晨，我终于背着这些"百家姓粮"，背着爸爸为我打捆好的破羊毛毡裹着的铺盖卷儿，怀着依恋和无限感激的心情，告别了我的亲爱的马家圪崂村。我踏着那些远古年代开凿出来的崎岖不平的山路，向本县的最高学府走去——走向一个我所热烈向往但又完全陌生的新环境。我知道在那里我将会遇到巨大的困难，因为我是一个从贫困的土地上走来的同样是贫困的青年。但我知道，正是这贫困的土地和土地一样贫困的父老乡亲们，已经教给了我负重的耐力和殉难的品格，因而我又觉得自己在精神上是富有的。

二

我终于上了高中。

我意识到，这是我生活道路上一个意义重大的开端。当我背着那点破烂行李踏进学校大门的时候,就像一个虔诚的穆斯林走进神圣的麦加,心中充满了庄严的感情。

但是,很快我便知道了:我在这里所面临的困难,比我原来所预料的还要严重得多。当然,饥饿仍然是一个主要的威胁,但不仅如此。

我万万没有料到,我的新悲剧在开始时,居然是由于我考了全县第二名所造成的。正是因为我的成绩名列前茅,我才被分到了这一级的"尖子班"——六四(甲)班。从此,一连串倒霉事就开始了。

这个班所以称"尖子班",因为全是由今年升学考试成绩突出的学生所组成。学校领导敲明叫响说要"偏吃偏喝",好在将来考大学时提高学校的升学率,以此和全地区其他中学竞赛。不用说,由于这个原因,分到这个班上的学生都因此而带着一种明显的荣耀的神气。

只有我神气不起来。别说神气了,我觉得自己在班上的同学面前连头也抬不起来。

这个班除了我是农民的儿子,全班所有的人都是干部子弟,包括县上许多领导干部的儿女。尽管目前社会普遍处于困难时期,但贫富的差别在我和这些人之间仍然太悬殊。他们有国库粮保证他们每天的粮食;父母亲的工资也足以使他们穿戴得体体面面,叫人看起来像个高中生的样子。而我呢?饥肠辘辘不说,穿着那身寒酸的农民式的破烂衣服,跻身于他们之间,简直像一个叫化子!

在家里时,四舍八邻都不富裕,因此谁也不为自己的贫穷而害臊。可现在一下子有了强烈对比,就明显地感到自己太恓惶了。我好像第一次站到了镜子前,照见了自己的这副模样是多么的寒酸。我羡慕我的同班同学们,他们的生活是多么幸运。但我并不妒忌他们,我只是为我自己的寒酸而难过。我知道这不是我的过错,谁愿意过贫困难耐的生活呢?

在这种情况下,自卑感很快笼罩了我的心灵。班上的同学们大部分对我还是很热情的。他们之中的个别人也许在暗暗嘲笑我的破衣烂衫,但也得尊重我的另一个方面:一个乡巴佬孩子竟然奋斗到这个"尖子班"!

但是,我也担心往后有人会因为我的贫穷而欺负我,所以心情一直很沉重。

我的担心并不是多余的。不久,情况就出现了。尤其是班上那个好恶作剧的文体干事周文明——看来这是一个对人毫无怜悯心的家伙,而不幸我却和他坐了同桌。

每当下午自习,我就饿得头晕目眩,忍不住咽着口水。而我的同桌偏偏就在这时,拿出混合面做的烤馍片或者菜包子之类的吃食(他父亲是县国营食堂主任),在我旁边大嚼大咽,还故意吧唧着嘴,不时用眼睛的余光扫视一下我的喉骨眼;并且老是在吃完后设法打着响亮的饱嗝,对我说:"马建强,你个子这么高,一定要参加咱班上的篮球队!"

这个可恶的家伙!他知道我饿得连路都走不动,还叫我去打篮球!

有一天,我们全班在校园后边的山上劳动,他竟然当着周围几个女同学的面,把他啃了一口的一个混合面馒头硬往我手里塞,那神情就像一个阔佬耍弄一个贫儿。

这侮辱太放肆了。我感觉浑身的血都往头上涌来。我沉默地接过这块肮脏的施舍品,猛一下把它远远甩在了一个臭水坑里!

周文明吃惊不小,一绺浅黄的头发披散在额前,手足无措地停在那里,不知如何是好。我同时用自己的眼睛告诉他:他如果要是再公开拿我的贫穷开心,我决不会对他客气的。

我的同桌从此便恨我了,但他再也不敢在公众面前公开侮辱我。

过不多久,更叫人难以忍受的事又发生了。

有一天,我们宿舍的一位同学放在饭碗里的一个玉米面馍突然丢了。那个同学把此事反映给了班主任老师。

事情很快就在全班传开来,说我们宿舍出了"贼娃子"。不用说,怀疑的目光又全部落在了我的身上。

啊,上帝作证,我连那个该死的玉米面馍也没见过!

我知道,人们怀疑我是正常的:因为在大家看来,偷吃一个微不足道的玉米面馍,大概只有我这号饿死鬼才干得出来。

无数鄙夷的目光像针一样扎在了我的心上,这使得我神情沮丧,抬脚动手都变得不自在。这反过来又使得大家对我的怀疑更其加深。老天!就连我自己也感觉到,我此刻这副样子在别人看来,大概也的确像是做贼心虚的小偷!

人们开始像躲避瘟疫一样躲避我,而在背后我又成了他们谈话的中心。后来,连外班的同学也在指指画画议论我了。

但我向谁去辩解这个活天冤枉呢?我只能在心里为自己的清白辩

护。最令人痛苦的是，大家都在背后议论，谁也不当着我的面说我就是"贼娃子"，这比公开地叫我小偷更使人受不了。

每天晚上，我都半夜半夜睡不着觉，咬着被角偷偷地啜泣。此刻，我真想和什么人狠狠打一架，好把我满心的愤懑排解掉。

就在这时，有人给班主任报告说：在我的枕头底下发现了玉米馍渣子。

班主任听到反映，乘我不在的时候，带领几个班干部查看了"现场"。据说，我的枕头底下的确有玉米面馍渣子。妈的，我的贼名眼看就要落实了！可是同时，有人也发现我枕头底下还有一些荞麦皮。大家再仔细一检查，发现我的枕头被老鼠咬破了一个洞。我常饿得倒下就不想动了，从来也顾不得关心我的枕头。

事情总算水落石出：是可恶的老鼠把那个玉米面馍拉在这里吃了，并且捎带着咬破了我的枕头。真他妈的，人倒霉了，连老鼠也来糟践！

事情到此实际上还没有完。一些不明真相的外班学生间，这个误会还在传，所以我的"贼名"也还在继续地张扬。生活中常常有这样的情况，人要是被扯进一件丑闻，哪怕事实证明他与此无关，但名声总还要受到损害。

入学一月多来，我就生活在这样的气氛中。这一切简直叫人难以忍受，但也只能默默地忍受。我自己知道，我的人格这样被践踏，并不是因为我品行不端，仅仅是因为我家境贫寒！

痛苦已经使我如疯似狂。在没人的地方，我的两只脚在地上踢，拳头在墙壁上打；或者到城外的旷野里狂奔突跳；要不就躲到大山深沟里去，像受伤的狼一般嗥嚎！

啊！饥肠辘辘这也许可以熬过去，但精神上所受的这些创伤却折磨死人了。这个困难的岁月，对别人来说，也许只是物质上的短缺罢了；而对我来说，则是物质和精神的双重的难关。我本来已经够不幸的了，经常身无分文，那点可怜的"百家姓粮"也只能使我不至于马上饿死。可现在还要在精神上承受这么大的打击和折磨！我缺乏吃的，但我更缺乏友爱。当然，班上大部分同学倒并不有意欺负我，这我看得出来；但我也看不出有谁想和我交朋友。不管怎样，我感觉他们大部分人还都是怜悯我的。而我宁愿饿死，也不愿意让人怜悯。对一个有血性的男子汉来说，再没有比被别人怜悯更伤人的自尊心了。

三

自从入校到现在，虽然只过了两个月，但我觉得比两年都长。我时刻处于饥饿和屈辱的夹击之中。我每时每刻都在内心里和这些不幸的厄运拼命搏斗，艰难地维持着我的学生生活。

不过我从来也没想过因此就中止我的学业。不！我的一瘸一拐的父亲已经好不容易让我读了小学和初中，又在如此艰难的年头挣扎着把我送到这里；我的乡亲们一片深情厚谊把自己的救命粮送给我，对我抱着莫大的希望支持我来到了这里；而我自己为了来到这里，又进行了怎样艰苦的奋斗啊！难道我能因为这些困难，就卷起自己的铺盖卷灰溜溜地滚回马家圪崂村吗？

我不会退却的。我就是咬着牙，也要把这苦难的日月熬过去。虽然现在多灾多难，但我相信未来，也对整个社会和我个人都充满希望。

对眼前各种各样的歧视（包括行为和心理的），我都用沉默的态度抵抗——也只能如此。再说，一个饥饿的人本来也就不想多说话的，舌头和嘴要是嚅动多了，会把可怜的胃囊引逗得更不好受。

人们不大理睬我，我也躲避着人。除了上课、自习，我总是一个人消磨时间。

下午吃过晚饭（我只买一碗稀饭）到晚上睡觉这一段时间，实在是太长了，经常饿得人心火缭乱。

饥饿本能地迫使我向山野里走去。

县城周围这一带是下过一两场小雨的，因此大地上还不像我们家乡那般荒凉。远远近近都能看见些绿的颜色。

我在城郊的土地上疯狂地寻觅着：酸枣、野菜、草根，一切嚼起来不苦的东西统统往肚子里吞咽。要是能碰巧找到几个野雀蛋，那对我来说真像从地上挖出元宝一样高兴。我拿枯树枝烧一堆火，急躁地把这些宝贝蛋埋在火灰里，而往往又等不得熟透就又扒出来几口吞掉。

节气已经到了秋天。不很景气的大地上，看来总还有些收获的：瓜啊，果啊，庄稼呀，有的已经成熟，有的正接近于成熟。这些东西对一个饿汉的诱惑力是可想而知的。但我总是拼命地咽着口水，远远地绕开这些叫人嘴馋的东西。我只寻找那些野生的植物充饥，而这些东西正如水和空气一样，不属于任何个人。除此之外，我决不会越"雷池"一步的。我已经被人瞧不起，除了自己的清白，我还有什么东西来支撑自己的精神世界呢？假如要是我真的因为饥饿做出什么不道德的行为来，那不光别人，连我自己都要鄙视自己了。

当太阳快要落在城西那些大山后面的时候，野菜野果也已经把我的肚子填得差不多。这时，我就满足地往回走。

我通常并不马上就回学校去。我先进了县城，然后穿过那条石板街道，出了清朝年代修起的那个破城门洞，到城墙根下面的小河边去。

这时候，小河里也没人洗衣服，幽静极了。我先在水里把染在手上、嘴上的那些野生植物的绿色浆汁洗净，然后便悄然地躺在岸边那个小石窝里。说起来，这个小石窝也实在是个好地方。它主要好在一点上，躺在里面，谁也看不见。我戏谑地在心里把它称为我的"别墅"。每次饱餐了野味，我非要到这里来静静地躺一会不可。此刻，太阳晒过一天的石板，还留着微微的温热，躺上去简直能叫人忘乎所以。

我心平气和地躺在这温热的石窝里，静静地谛听着下面琴一般悦耳的流水声；或者仰起脸来，望着纯净的蓝天和那延绵不断的群山。太阳在最后落下去之前，把那橘红色的光芒淡淡地、轻柔地抹在了对面的山尖上；而所有两山之间的沟坡都已经沉浸在阴影之中。不久，所有的山头从低到高，那点余晖便渐渐地抹去；大地上立刻出现了一会短暂的明亮。过不多时，一切就都变得模糊起来。

　　我静静地躺着，怀着一种超脱的心情，望着大自然的这些变幻。当天色渐渐暗下来的时候，我坐起来，目光急切地在苍茫中张望，寻找，希望能再见大地上那些绿的颜色。噢，绿色啊！在世界上所有的颜色里面，再没有比大地的绿色更叫人喜欢和留恋的了。我喜欢这绿色，是因为这绿色的生命一直在养活着我。每当这样的时候，我也就忍不住想起了自己在乡下度过的童年。那时候，每当冰冻的土地刚刚变得松软起来，我们一群小孩子就跑到田野里去，小手在解冻了的土地上刨啊刨……当终于刨出一颗嫩绿的草芽时，大家就都惊喜得欢呼起来。我在这个时候，总是禁不住热泪盈眶。我当时也说不清楚为什么而哭。我只觉得我的心在愉快地颤栗……

　　在我们这里，冬季是十分漫长的。一年中几乎没有春天。而夏天刚来不久，秋天也紧跟着到了。接着，内蒙古草地上的雁群就嗷嗷地啼叫着，排成队，飞成行，掠过刚收获过庄稼的光秃秃的山头，到遥远的南方寻找温暖去了。塞外吹来的寒风立即任性地扫荡整个黄土高原，田野里就再也寻不见一点绿的颜色。尤其节令到了三九四九，家家都冷得封门闭户，这对于乐趣永远都在田野里的乡间孩子来说，到了这时就只能闷头呆在家里了。严酷的冬天把田野变得丑陋不堪。等到一场大雪过后，土地立刻冻得像铁一般硬。坚冰覆盖了所有的河道，路旁崖岩上吊起了冰帘，像老头儿的白胡子一般。尖刀似的风把干活的男人们从地里赶回来了。人们只能整天坐在炕头上，抽旱烟，说古朝，拉搭一些庄稼人说了多少辈子的老话。

每当寒风把大地上所有的绿色生命杀尽以后,我自己的心在整个冬天也就枯萎了。记得那时,我常常幼稚地担心那些绿色的草呀,树呀,大概要永远地死去了。想到人将要在一个没有绿色的世界上活下去,心里既难受又害怕。因此,第二年春天,当一看见大地上又萌生起绿色生命的时候,感动和喜悦的心情常叫人鼻子发酸。等到清明节一过,村外小河岸边和向阳的山坡就冒出了一大片一大片的青草的嫩芽,蓝色的、火焰般的马兰花也在路径两侧怒放了。这时,我们这些孩子照旧穿着在冬天穿烂穿脏了的棉衣裤,手拉着手,在田野里奔跑、叫喊;拾些干柴火点起一堆火,把各自带来的干粮放在火边烤,你吃我的,我吃你的,友爱地不分彼此……

我坐在黑暗笼罩了的石窝子里,一往情深地回忆起这些没有冷漠,没有歧视的童年的生活,眼泪忍不住一个劲往下淌。这更使得我对自己目前的处境感到伤心。但是,我又想:生活不管怎样变化,母亲一般养育过我们的土地毕竟还是爱我的,现在她不是还继续用她绿色的奶汁喂养我吗!大地啊,你给了我们欢乐,你又把我们的愁苦溶解在了你那博大的胸怀里……直等到天色完全暗下来的时候,我才怀着恋恋不舍的心情告别了我的伊甸园,在夜幕的遮掩下回到学校。

远远望见那一排排灯火通明的校舍,我的心情又完全陷入了压抑之中。田野里虽然空无一人,但它对我来说是亲切友爱的;而在人声鼎沸的学校里,我知道我会多么孤寂。

每次,在接近学校大门的时候,我都要拐到校门右侧的文庙牌坊下站一会。因为这时正是走读生们回家的时候，我怕班里的同学看见我。

我孤零零地站在黑暗中，望着一群一伙的同学们从校内拥出来，一路上互相热烈地交谈，亲切地说笑，有的甚至友好地手臂相攀，向灯火通明的街道走去。

我呆呆地望着他们远去的背影，真想大哭一场！我在心中默默地向他们呼喊：啊，亲爱的同学们，我并不奢求你们的友爱，但你们也该让我平等地生活在你们之中吧！

四

渐渐地，我被大家遗忘了。这就是说，同学们已对我的贫困见惯不惊，习以为常，不像刚来时那样地感到"新鲜"了。

按常理，一个人要是被周围的人遗忘，那可绝不是一件好事。但对我来说，这却是求之不得的。谢天谢地，这也就好了。在我的位置上，我还再敢希冀什么呢？我只祈求让我的心灵能得到一点安宁，好让我全力以赴对付可怕的饥饿。

唉，说起饿肚子，那可的确是越来越严重了。父亲不久前托人捎来话，说他这半年是再无法给我送来一颗粮食了。这我早已料到。我知道，就是一月前送来的那十几斤高粱，也是他从自己的口里节省下来的。我虽然可怜，但好歹总还没断五谷，谁知道可怜的父亲现在拿什么糊口呢？

我毫不犹豫（也不需要犹豫），就把开学时带来的那点"百家姓粮"，再一次从每天的数量中压缩掉一半。这样一来，一天就几乎吃不到什么了。两碗别人当汤喝的清水米汤，在我就算是一天的伙食。

饥饿经常使我一阵又一阵地眩晕。走路时东倒西歪的，不时得用手托扶一下什么东西才不至于栽倒。课间，同学们都到教室外面活动去了，我不敢站起来，只趴在桌子上休息。我甚至觉得脑袋都成了一个沉重的负担。别人哪会知道，仅仅为了不使尊贵的头在这个世界面前耷拉下来，我全身的其他部位在怎样拼命挣扎着支撑啊！

饥饿使得我到野外的力气都没有了，因为寻觅的东西已经补不上所要消耗的热量。除去上课，我整天就蜷曲在自己的破羊毛毡上。白天是吃不到什么的，可晚上只要一睡着，就梦见自己在大嚼大咽。我对吃的东西已经产生了一种病态的欲望，甚至都干扰得连课都听不下去。上数学时，我就不由得用新学的数学公式反复计算我那点口粮的最佳吃法；上语文时，一碰到有关食品的名词，思维就要固执地深入到名词背后的实物上去；而一上化学课，便又开始幻想能不能用随手可拾的物质化合出什么吃的来……

这情况终于导致了令人难堪的局面：期中考试时，我这个全县第二名一下子变成了班里的倒数第二（仅仅在周文明前面）！

我早就知道会有今天的！但真正面临这个现实，痛苦和震惊简直叫我目瞪口呆。从我上小学一年级起，学习成绩还从来没有这么糟糕过。

那天下午公布完成绩，大家很快都走了。我一个人呆在空荡荡的教室里，像一个无依无靠的孤儿。我在精神上唯一的安慰被粉碎了，这使我第一次真正产生了绝望。我知道这是极其可怕的。我丧气地想：我要是在考试前能有一顿饱饭吃，我的引以为骄傲的学习成绩也许不至于一落千丈。考场上我头昏眼花，在紧要关头连一般的逻辑推理都乱了套。这确是事实。可是，能拿这样的理由为自己没考好而开脱吗？

怎么办？没有其他办法，只能拼命往前追。

为了夺回过去的光荣，我重新开始了一番拼命的奋斗。晚上，我强迫自己从破羊毛毡上爬起来，赶到教室里去复习功课。只要不晕倒，就在课桌上趴着。为了再一次冲到前边，我准备付出任何代价，哪怕一下子就死在教室里呢！我对自己说：死就死吧，这么不争气，活着又干什么？生活的贫困我忍受着，但学习上的落伍是无法忍受的，这是真正的贫困。我必须在这个竞争中再一次名列前茅。我知道这样的"赛跑"对我来说是极其艰难的，因为我的腿上时刻绑着饥饿的"沙袋"；没有人为我鼓劲，我只能自己为自己助威。为了刺激学习劲头，我甚至为自己许了一个阿Q式的愿：等下一次考好了，一定饱餐一顿。随后又为自己给自己吹的这个牛皮而哑然失笑了。

可是不久，我却是真的遇到了一次饱餐的机会——但我宁愿被别人打一记耳光，也不愿意饱餐这顿饭！

国庆节到了，学校把自己喂的几头瘦猪杀了，准备下午会一顿餐，实际上只是免费给每人一勺肉菜。这年头，吃一勺肉菜不光对我这样的饿汉难得，就是对其他同学也是难得的。

上午，生活干事吴亚玲召开了一次简短的班会。她告诉大家，学校灶上因会餐，做饭的炊事员忙不过来，要各班去一个同学帮灶；帮灶的人和炊事员一样，下午的饭菜不限量。她叫大家提名。

还没等众人说话，吴亚玲自己又宣布说："我建议马建强去。"

教室里有节制地轰一声笑了。全班用这种形式一致通过了她的提议。

这又是一个侮辱。我全身的血轰地涌上头来，感到自己的意识和灵魂立刻就要脱离开身体，向外界飞去。我的两只手在桌子下面哆嗦着，急忙中想狠劲抓住个什么东西，好暂时控制一下自己。

我不知道同学们是什么时候离开教室的。老半天，我才感到桌子下面的两只手黏糊糊的出了汗。拿出来一看，原来是那支宝贵的"民生"牌钢笔在手里被折断了，蓝墨水染污了两手。

我感到鼻子口里喷着火一样的热气。我恨这个吴亚玲！本来同学们已经把我"遗忘"了，可今天她又使大家这么随意地嘲弄了我一次！

我决定还是去帮灶。不过，我心里想：谁要是抱着险恶的心理认为我终于接受了这个"肥缺"，那就让他等着瞧吧！哼！

户外的天气是非常好的，深秋的蓝天显得纯净而高远。被人踩得硬邦邦的大操场，在阳光下一片白光刺眼。也没有风，操场四周的几排小叶杨，叶子干巴巴地蒙着一层尘土，静静地站立着。

我穿过操场向灶房去的时候，看见校园里红红绿绿贴了许多标语；各班的黑板报也换上了新内容，标题都用彩色粉笔写成各式各样的美术字。同学们三三两两在校园里蹓跶,互相嬉笑打闹。各班的文艺队也都在为晚会准备节目,这里那里传出了和谐的合唱声,以及吹得很刺耳的梅笛独奏曲。就是在这严重的困难时期,此刻毕竟也显示出了节日的气氛。这气氛也给了我一种感染,心情稍稍为之平复。

我走过操场中央,无意中看见吴亚玲和我们班长郑大卫,正站在外班一块黑板报下指指画画评论着什么。我忍不住停了脚,怀着一种刻毒的心理瞅了一眼他们得意洋洋的背影。

"不要脸!"我在心里骂了一句。

吴亚玲是全校瞩目的人物。凡是长得漂亮而又活泼的女性,到哪里也总是叫人瞩目的。我们的生活干事正属于这一类。她长得的确漂亮,会跳舞,会唱歌,学习也是班上女同学中最好的。加上她是我们县武装部部长的女儿,这就更显得她与众不同。她漂亮是漂亮,倒也不怎样刻意打扮自己,甚至大部分时间只穿一身改裁了的男式旧军装——可这又比刻意打扮更独出心裁地引人注目。

不用说,班上的男同学都爱和她接近。尤其是文体干事周文明,要是吴亚玲和他说上几句话,一整天都会高兴得红光满面。但是,这位"校花"看来真正要好的男同学,倒只有郑大卫一人。郑大卫是郑副县长的儿子,是今年全县高中升学考试的第一名。他从里到外看起来都聪敏,平时戴一副白边眼镜,说话举止简直像一个老师。我隐隐约约听人说,郑大卫和吴亚玲的父亲在战争年代一同在我们县上领导过游击队,是老战友。据说他们的父母亲在他俩刚生下来时就订了亲;说他俩从幼儿园开始一直到现在都是同学,现在已经谈上恋爱啦!谈恋爱对我们这个年龄的人来说，还是一件相当神秘的事，因此不管是真是假，在同学们看来总是颇为新奇的。我知道，班上的调皮同学平时除议论我的寒酸，大概就是在议论他们俩的长长短短了。说实话，我对这种事毫无兴趣，我连肚子都填不饱，还顾得上关心人家谈情说爱哩！

当我的视线离开他们的时候，不知为什么，心里猛然间又翻上来另一种说不出的味道。我仍然在恨吴亚玲（这种恨也波及到了和她要好的郑大卫），但我又对自己刚才那种刻毒的心理有点后悔。我弄不清楚这种突发的情绪是什么原因引起的。

到了灶房，我才逐渐把这种懊悔的原因理出了个头绪。这就是：如果不抱什么成见的话，说真的，在我看来，他们俩在一起真给人一种美的感觉。把他们的健美和漂亮，出色的学习，同等的家庭等等糅合在一起，就像同质料的大理石砌起来的弧线形拱门似的令人羡慕和赞叹。尽管我刚才在感情上反抗这种认识，但同时理性却很快地做出了这样的结论。因此后来我便懊悔了对于他们的那种刻毒的心理——诅咒美是一种可耻的行径，我不应该低下到这种程度。

可是这样一来，吴亚玲给我带来的侮辱反而越发使我受不了。我现在可以不诅咒她，但我仍然要恨她：你们有吃有穿有幸福，我并不嫉妒你们，可你们为什么这样践踏一个可怜人的自尊心呢？

在学校的灶房里，我沉默地剁肉、切菜、淘米、揉面，根本闻不见饭菜的香味。我甚至看见煮在锅里的那几只猪头，似乎也在龇牙咧嘴地嘲笑我是为了吃它们而来的。妈的，我恨不得把这几只猪头捞在案板上用斧头几下就剁碎!

不,让这些东西见鬼去吧!哪怕是山珍海味,长生不老药,我今天也不会吃的!

开饭前半个钟头,我就从灶房里溜出来了。我连用自己的饭票买得喝一碗清米汤的欲望也没有。

我怀着愤慨的心情,默默地来到了学校后面的一个山坡上。腿软绵绵的,一下坐在一块刚收获过土豆的地里,忍不住把脸偎在松软的土地上,就像小时候受了委屈偎在妈妈的怀里,无声地啜泣。在人们的面前,我是坚强的,但在我一个人的时候,我的感情往往很脆弱,经常忍不住淌眼泪……

我睁开眼,看见美丽的夕阳正在西边的山峦间向大地微笑着告别。我知道刚才睡的时间有多么久了。我想站起来,但身上连一点力气也没有。胃囊在痛苦地痉挛着,饥饿像无数利爪在揪扯着五脏六腑。我的两只手立刻下意识地在土地上疯狂地刨抓着——因为我想到这块刚收获过的土地,说不定能寻找几颗主人遗下的土豆。

经过一阵拼命的挖掘,结果令人非常失望。在这个灾荒年头,人们的收获都是十分仔细的,轻易不会把能吃的东西遗留在地里。

但是,一阵喜悦终于使我兴奋得全身发抖,因为我的右手在土地的深处摸到了一个又圆又大的家伙!

我怀着一种幸福的心情,慢慢把这个宝贝蛋从地里挖出来,结果懊丧之极:原来是一个石头蛋子。

由于在泥地上睡得久了,湿气使我全身都在发痒,两只泥手忙了半天也没制止住。就在这时，我突然发现旁边一个小洼里似乎有一棵土豆蔓子还牵在那里。这个吸引力立即使我轻快地站起来，像猎狗发现了兔子一般，一蹿扑了过去，用手扯了扯这干枯的蔓子：天啊，它真的还在地里长着！

我刨出了五个又圆又大的土豆，捧在手里一个一个地看，傻呵呵地笑。

我用干枯的土豆蔓子点起一堆火来，开始了我自己的"国庆节会餐"。

这时候，天已经渐渐地暗下来，学校的大操场上传来了沸腾的人声，各种乐器杂乱的调音和一些未经调教的女高音那"啊啊咦咦"吊嗓子的刺耳声……国庆节的联欢晚会大概快要开始了。我才不管这些呢，我的下一个节目是：烧土豆吃。

我刚把那五个宝贝蛋小心翼翼地埋在火堆里，突然隐隐约约看见有一个人，正从苍茫的暮色中向这边走来。

五

我做梦也没有想到，此刻站在我面前的竟然是吴亚玲。

我脑子里跳出的第一个反应是：这下我可不能按我的方式吃这五颗烧土豆了。所谓我的方式无非像俗话说的"狼吞虎咽"罢了。

对她的到来，我感到愤怒，但一时又不好发作，只希望她是偶然路过这里的,别老呆着。但她竟然站定在我面前,并没走开的意思。看来她现在大概在好奇地研究我在这里干什么事哩。你要研究就研究吧,这并不是什么见不得人的事。

我对这个来访者不屑一顾,好像我根本就不知道她的存在。先前的恨加上现在的恼火,使我对她真正地厌恶起来。

我默然地坐在火边,克制着食欲,双臂抱着腿膝盖,尽量把自己的头颅抬高,做出一副傲然和冷漠的神情,望着山坡下县城的那些建筑物。此刻,县政府大门上为节日而装饰起来的一串串彩色灯泡,已经在黄昏中大放光明,耀人眼目了。往日,小县城一擦黑就落了市声,可今晚上却比白天都要嘈杂得多。四面传来的人声、乐声、歌唱声混合在一起,乱纷纷的。县政府上面就是武装部。大门口,用竹竿挑起的两个大红宫灯正在微风中轻轻地旋转,虽然看不见,但我猜想那上面大概分别写着"欢庆"两个黄字或者白字。我马上想到,此刻神秘地出现在我身边的这个人就是从那里出来的。说不定她吃饱了节日的饭菜,为了消化的缘故到这里散步来了,可她此刻却正在妨碍一个饿汉吃他的几颗烧土豆哩。

"土豆烧熟了,你闻,喷香!"

这是她的声音。

这个讨厌的女生!她已经知道我火堆里的秘密了。如果不是强忍着,我真想臭骂她一顿。

我现在凭感觉,知道她已经蹲在了火堆边,并且用什么东西在火堆里扒拉开了。

天啊，我现在对这个不速之客来光顾我的这顿晚餐，实在感到莫名其妙！生活干事是专门捉贼来了？还是偶尔遇见我饿得不顾体统，想再拿我开开心？或者……

"烧土豆可要趁热吃哩。呀，好香！能不能让我也尝一个？……不说话就是同意了。"

我忍不住扭过头，想看一看这个厚脸皮究竟要干啥。

这可真把人气坏了，我看见她正蹲在火堆边，用自己的手帕在揩我的那几个烧熟了的土豆，就像这土豆的主人是她而不是我！

我听见自己鬓角的血管在嘣嘣地跳。我还从来没遇到过这种局面，准确地说，从没遇见过这么一个人！我为她感到害臊，真想站起来就走，让这个脸皮很厚的人去吃吧。

但我下不了这决心。说实话，我留恋我的那几颗可爱的烧土豆。我已经差不多一整天没吃饭了，不争气的肚子一直在咕咕地叫唤着。

现在，吴亚玲已经把沾在土豆上的灰分别用手帕揩干净，随后又把她的手帕铺在我的面前，把土豆放在上面。她两只手抓起两个来，一个给我往手中递，一个已经送到了她自己的嘴边。她笑盈盈地说："不反对吧？我可不客气了……"她把土豆咬了一口，而另一只手一扬一扬地给我递另外的那颗，眼睛不眨地盯着我，神情像逗小孩似的，等待着我的反应。

啊！这可真把人难死了。我的两只手不知为什么有点抖。去接吧，精神上根本没这个准备；不接吧，似乎又觉得这个令人生气的人有一种执拗的真诚。其实，就在我思想上犹豫着是该接还是不该接的时候，我那该死的不争气的手已经伸出来了。

接住就接住吧。为什么不接呢？这土豆是我烧的，现在却反叫这个人把我弄成了一个客人——客人应该是她。

我仍沉默着，专心一意地吃着土豆。啊，好久没吃这样的美味了。真香！一个接着一个，我把余下的三个全吃了。

现在该走了。我决定不给她打招呼。打什么招呼呢？又不是我请她来的。我现在对她只有一肚子气。哼！在她看来，她给我照顾的那个"美差"已经使我的肚子里填满了大灶上的肉菜蒸馍了吧？

我很快站起来，拍了拍身上的土，抬腿就走。可是，吴亚玲也跟着起身了，就跟在我身后。天啊，这究竟是怎么啦？

"马建强，你能不能给我帮个忙呢？噢，是这样的……"她在我身后绊绊磕磕地走着，说开了话，"你为什么不说话呢？……是这样的，我们家的斧头和斧头把子'分家'了，你能不能帮我'说合'一下？哈，你看我尽胡说！什么'分家''说合'的，就是斧头的楔子掉了，你是农村来的，一定对这种活计手熟，能不能帮我弄一下呢？"

她见我不说话，又在后面絮叨开了："你为什么不说话呢？你如果还忙别的事，就算了。你不知道，我下午吃完饭就一直在找你，到处找不见，后来听人说见你到后山来着，我这才跑到这儿找你来了。你不知道，这把斧头是我们家的宝贝呢！打炭，劈柴，经常离不了。你为什么不说话呢？是不是嫌我吃了你的土豆啦？"她在后面咯咯地笑起来，"我开玩笑哩，别又恼了呀！"

我仍然沉默着,但心眼却活动开了。真想不到吴亚玲是找我来帮忙的。而且按她自己的说法,她已经找了一下午,最后才寻到坡上来。我简直不能相信这等事。我马上觉得,出现在我面前的这事儿似乎包含着许许多多一时说不清楚的内容。我承认,我的心在一刹那间受了感动,她在不久前带给我的所有不愉快一下子就被推到了很远很远的地方。

已经到学校后面的大院里了。吴亚玲赶上来和我并排走着,在明亮的路灯下侧着头问我:"你倒是愿意不愿意帮我这个忙嘛?呀,你这人真傲,和凡人不搭话!"

现在,我并不对她这刻薄的话生气了。我迟疑了一下,站住了,想对她说我愿意去,却又说不出口,只好不看她,对着一个什么地方茫然地点了点头。

她立刻高兴地笑了,一双大眼睛扑闪着莫测的光芒,似乎在说:看,我终于战胜了你。

学校离武装部并不远,我跟着她很快就到了她家。

吴亚玲把我引到了她父母住的窑洞(兼他们家的灶房)。她告诉我,她父母到郑大卫家串门去了,让我先在这儿呆着,让她到外面的柴垛上去寻那把坏了的斧头。

在我的想象中,武装部长的家并不是这个样子。现在看来,这家也平常极了,和我们公社一般干部的家庭差不多。砖砌的炉灶里正燃着很旺的炭火,上面一只铝锅哗哗地响着开水,四周冒出的热气使整个窑洞有一种暖融融的气息。炕上铺着双人绵羊毛毡,看来年月已经很久，磨损得软塌塌的。两块被子垒在一起，上面蒙着一块军绿毛毯；毛毯的一个破角补着一块黄布。炉台对面的墙下有两只箱子，一只是木的，红油鲜亮；另一只是棕箱，上面隐隐约约看见"汉中县制造"的字样。窗前的办公桌上整整齐齐竖立着一排书，许多书背上都有"干部必读"几个字。一副茶色框架的老花镜没有入盒，搁架在一本打开的书上。炉台一面的墙上挂着一个古旧的挂钟，钟摆在玻璃后面无声地摆动。和挂钟相对的另一面墙上，离那个红木箱子尺把高的地方有一个相框，里面的那个老军人大盖帽下的一双眼睛威严地正视着对面；肩章上标着中校的军衔——这无疑是武装部长本人的照片。

窑洞里的摆设并不像我原来想的那么"洋气"，某种程度上倒像一个较富裕的农家户。真的，我并且还闻到一股腌酸白菜的味道，但我不知道这种带有农家气息的味道是从什么地方发出来的。

正在我这样无聊地观察这个本县著名人家的室内情景时，吴亚玲回来了，手里提着那把坏了的斧头。

"你怎不坐啊？"她把手里的斧头扬了扬，笑笑，"我们城里人真是十足的笨蛋！你看，就这么个简单营生都做不了……噢，你拾掇，我给你倒水。"

我拘谨地从她手里接过斧头。斧头实际上只是楔子掉了下来，楔进去就行了。我真不相信武装部长或者他的女儿就连这么个简单活都干不了。

不用说，我不费吹灰之力很快就把斧头弄好了。吴亚玲接过去看了看，也不说什么，漫不经心地把它丢在一旁，招呼着让我喝水。

"不，我不渴。我走啦。"我摇了摇头，说。

"什么？你这人怎么这样？你看水正开着，我就给你下饺子。我吃了你的土豆，你就应该吃我的饺子，礼尚往来嘛！再说，你给我帮了这么大的忙……"

这真是笑话！难道我做了这么一点扯淡事就要吃你的饭？我立刻觉得心里怪不是滋味。我所做的这点事根本不应该得到这种"奖赏"。我开始后悔来吴亚玲家了。本来，我能为自己终于给别人帮了一点忙而感到心里熨帖，现在又被"吃饭"这两个字败坏完了。

"不！我已经吃过饭了。"我认真地撒了个谎，拔腿就走。

我根本不知道吴亚玲怎么一下子就横在了门口，挡住了我。她几乎是叫喊着说："不，你没有吃饭！没有吃！我全知道。我伤了你的心，你恨我……"

我愕然了。我吃惊地看见吴亚玲是那么激动，满脸通红，眼睛里似乎还旋转着两团亮晶晶的东西。

"你不能走，马建强同学，你一定得吃饭……"她的声音低了些，但仍然很激动，"我知道你心里对我有看法。其实，我让你去帮灶，完全是一片好心，想不到结果会这样，伤了你的自尊心……但事后我很快便意识到我做了一件错事。我后来问了灶上，知道你没吃饭，心里很难过，就到处找你。我知道你是个自尊心很强的人，把饺子给你包好，我就想了这个办法把你引到我们家。怕你拘束，我还把我爸我妈支到大卫家去了……"她说着，一直在眼里旋转的泪珠终于挂到了脸上。

啊，原来是这样！

我的嗓门眼早已被一团火辣辣的东西堵塞了。我感到自己的整个身体都在剧烈地哆嗦，只是强忍着没有哭出声来。我只简单地对她说："吴亚玲，请你原谅我。我现在什么也吃不下去……"

我匆匆向院子的大门口走去。止不住的热泪在脸颊上刷刷地淌……

六

一夜寒风就把不凉不热的秋天吹走了。讨厌的冬天追随着最后一批南迁的大雁，降临在了黄土高原上。浪涛起伏般的千山万岭，很快变得荒凉起来。县城周围的山野，光秃秃的，再也看不见一星半点的绿色。

早晨或者晚间，城市上空的烟雾骤然间浓重起来，空气里充满了一股难闻的炭烟味——这说明闲置了一年的各种取暖炉子，现在又都派上了用场。

日月在流逝，时序在变换，我基本上仍然是老样子。自国庆节后，吴亚玲又主动找了我两次，说她要帮助我一点什么，但我都躲开了。我怀着一种感激的心情躲避着她的关怀，和她更疏远了。除了乡巴佬的拘谨和胆小，主要是我还不习惯平白无故地接受别人的帮助。尽管我看出来她是诚心的，但我既不是她的亲戚，又不是她的熟人，凭什么要接受这种帮助呢？而严格说来，她对我还是个生人——在国庆节之前，我实际上和她连一句话也没有说过。再说，她还是个女生。一般说来，我们这种年龄是怕和女生接近的。

但吴亚玲的行为无疑给我的精神投射了一缕阳光。人要是处在厄运中，哪怕是得到别人一点点的同情和友爱，那也是非常宝贵的。品格低下的人会立即顺蔓摸瓜，把别人的这种同情和友爱看做是解脱自己的救命稻草，一旦抓住了，就会拼命不放；即使叫别人沉没，也要让自己跳出苦海。而对一个稍有道德教养的人来说，就不会是这样。我珍惜这种美好的人情，同样以高尚的心灵给予回报。

我现在越发对自己的学习成绩害臊了；我知道我为什么首先把思想的焦点强烈地凝聚在这一点上。是的，我的学习已经到了这般落后的地步，我怎配让人尊重呢？

在这个新的强烈的精神刺激下，尽管饥饿常使我天旋地转，但一旦坐进教室，趴在自己的课桌上，面对课本和演算本，全身就像弹簧一样紧紧地压缩在一起，没有任何的松懈。然而一经离开教室，精神稍一松弛，这"弹簧"就会嘣的一声散开，立刻感到浑身所有的关节都已松脱，软得就像一摊稀泥……

好在城郊秋收的时候，我曾在那些留下庄稼茬的土地上，捡了一点土豆和十几穗并不丰满的玉米棒。我当然不能把这点干粮放在宿舍里，我把它藏在了学校后山上一个被生产队遗弃了的破砖窑里。每当晚上复习完功课，我就摸黑跑到这个荒凉的地方，拾点干柴枯草，打一堆火，烧几颗土豆；或者在火里爆一把玉米花。我不能想象再有比这更好的晚餐了。这样稍稍恢复了点精神之后，我就在黑暗中背诵当天新学的数理化公式;或者在心中打着作文的底稿,嘴里念念有词……啊,破砖窑呵破砖窑,你又成了我的"冬季别墅"了。小河边那个安乐窝我现在是再不能去了,因为一到冬天,河道里的风特别硬,叫人受不了。而这个新的地方既避人,还能遮挡点严寒。

不久,期中大考开始,我怀着充实的心情应试。

考试的结果连我自己都大吃一惊:各门平均的分数是全班第一。聪敏好学的郑大卫不得不屈居第二了。我的同桌周文明和上次考试一样,仍然是全班倒数第一,不过和体育、唱歌的分数拉起来,还算勉强及了格。他又到处抱怨说文体干事的工作耽搁了他的学习。

成绩一经宣布,我默默地走出教室,像胜利了的拳击手一样,疲惫不堪中带着说不出的欢欣。

到了大操场上,激动的情绪进一步高涨起来。尽管两条腿饿得软绵绵的,但很想走动走动,甚至想跑一跑。

我一个人来到学校后院的大墙下,踏着那些衰败的枯草,独自蹓跶。沿墙根的几棵老梨树已经落光了叶子,光秃秃的枝条灰白而洁净,在初冬的寒风中静静地挺翘着。其中有一棵树的树梢上,竟然还奇迹般地留了一片硕大的叶子,被寒霜染得一片深红,旗帜似的在蓝天下索索地招展着。

不知什么时候,我突然感到有一只手掌轻轻地搭在了我的肩膀上。我吓了一跳,回过头一看,原来是郑大卫。大卫脸上带着温和的笑容,转身来到我面前,说:"建强,你真行啊!我真没想到你能把物理试题的最后一道完满地解决了。那的确很难,我觉得其中有一个环节是我们还没有学过的。你不知道,咱们物理课的王老师曾说,这次物理考试他断定不会有人得满分。我不服气,结果这道题还是没能答出来。可你让王老师的话落空了!这真叫人高兴。尽管出这样的难题同学们有意见,但我是很支持王老师的。这样做也有好处,因为我们已经是高中生了,得逼着多学一点课本上没有的东西。不瞒你说,这道题我现在还不会。王老师说下星期上物理课时专门讲解。我不想这么现成地接受,在这之前非靠自己解了它不可。我想讨教于你,但请你千万不要对我说出解题的步骤,你知道我需要的是启发……"

普遍受同学们尊重的班长突然出现在我面前,并且用如此真诚的谦虚态度来向我请教,使我在吃惊中对他涌起了深深的敬意。真的,大卫也是一个言语不多的人——虽然原因和我不一样。他聪敏、刻苦,又很有涵养。以前,我对其他同学是躲避,而对他却可以说是敬而远之。现在,他主动为这一道试题费心来找我,这同时又使我非常钦佩这个人,因为在我看来,只有有志气的人才会在学问上这么谦恭和一丝不苟。

我告诉他,不妨看一看《物理疑难题五百解》,那上面有一道题和物理考试的这道题很类似。我还告诉他,这本书是我在大前天才从书店买的。他当然不知道,我是拿当月仅剩的几毛钱菜金买回这本书的。

大卫高兴地说:"太感谢你了。今天是星期六,书店关门早,我得很快去!"他刚要走,手却又在我的肩头抓了一把,说:"看你冷得直哆嗦,快回去加件衣服……我走了,有空到我家里去玩。你很孤僻,常躲人,为什么?我们家离学校很近,就在体育场后面的人委家属院,第一排,第四、第五两个窑洞。"

他匆匆地走了,健美的身影在二年级教室的拐角处一闪,就不见了。

我一个人呆呆地站了很久,也不知道自己想了些什么。我觉得我的心情从来也没有今天这样愉快过。

好久,我才感到我的身体已经冷得有点麻木了。我想起郑大卫刚才说的话,得"加一件衣服"。

我忍不住叹了一口气。我的思想立刻又回到了自己的不幸之中。我意识到,随着冬天的到来,我又面临着新的困难:寒冷。饥饿不好熬,寒冷更难熬。我除了单衣,就是一身老粗布棉衣。至于线衣、绒衣、毛衣,所有这些过渡性的衣服我连一件也没有。当然,现在棉衣是肯定不敢往身上穿的,因为天气还不到最冷的时候。一旦到了这样的时候,我又不像人家一样再有一件大衣套在上面。这套棉衣就是我抵挡严寒进攻的最后一道防线了。

为了驱寒,我想在原地跑跑步,但饥饿又使我不得不放弃这个打算,我哪里跑得动呢?

天气还早,我想又是星期六,干脆到街上转一圈去。

出了校门,我顺着那条碎石路面的小巷,来到了街口。

据说是清朝末年铺设的石板街道,现在已被几代人的脚片子磨得凹凸不平。街口上立着几座年月很旧的老店铺;这些破破烂烂的房子和那新建筑起来的商店、食堂、药材公司、邮电局、银行等等排成一行,就像上早操时我站在班上的队列里一样显得寒酸。紧靠着铁铺的老房子，就是前两年才盖起的县国营食堂。透过大玻璃窗，能看见里面就餐的人。我尽量克制着不往那玻璃窗后面看。我想到新华书店走走。听语文老师讲，最近出了一本叫《创业史》的书，很不错。听书名像历史书，可又听说是长篇小说。厚书我当然买不起，只想立在书店里翻一翻。

正在我准备去书店的时候，无意中瞥见食堂玻璃窗后面的一个大桌子的四周，坐着吃饭的人像都是我们班上的同学。

的确是的。瞧，那不是周文明吗？看他正端着几盘子菜往桌子上送哩。那些局长和部长的子弟们正吃在兴味上，嘻嘻哈哈，边吃边打闹。

我想起来了，今天是星期六，又刚考完。要好朋友们该在这里乐一乐。

我鼻根一酸，一转身又折回到来时的小巷里。我觉得我不应该到街上来。这使我想起我先前给自己许下的饱餐一顿的那个空愿是多么的荒唐！

七

我走呀走的，走到了学校后面的半山坡。我的"冬季别墅"正在向我招手。

我气喘吁吁来到破砖窑的洞口。在我一猫身准备钻进去的当儿，发现脚下的草丛里躺着一个锈铁盒子。仔细看了看,是过去那种装过染料的小方铁盒,扁扁的,上面的绿色油漆已经磨损得斑斑驳驳,四角的铁边也锈上了红斑。这东西躺在垃圾堆里倒也不起眼,但落在眼下这干黄的枯草间却怪引人注目的。

我一条胳膊抱着柴火,另一条胳膊伸下去把它捡起来,反过来正过去看了又看,也没多大用处,正想随手扔出去,好奇心驱使我要看看盒里装的是什么。我用大拇指把盖儿掀开了一线缝,斜眼看去——不看不打紧,这一看叫我目瞪口呆,一屁股就塌在了地上!

我惊慌地把这铁盒子先放到一边,脑袋下意识地在脖子上转了一圈。

当我发现周围确实没有别人,才又像拿一颗定时炸弹那样把这个小铁盒战战兢兢拿起来。

我手指索索地发着抖,重新揭开了盒盖:老天啊!这里面的确是一摞钱和粮票!

这是多么的不可思议啊!我竟然一下子拾到这么多钱和粮票,简直就像神话一般。

我眨巴眨巴眼睛:蓝天,白云;荒山,秃岭;枯黄的草,破败的砖窑……这一切都是真实的。我的手里捏着一把钱和粮票,也是实实在在的。

这时候,我的眼前猛然跳出了国营食堂大玻璃窗后面那些食客的身影。接着,馒头、菜、汤,所有吃的东西顿时在眼前搅成了一团。这些意念立即使我的胃囊开始痛苦地抽搐,抵抗饥饿的意志被手里这个魔术般的小铁盒瓦解了；本能的生理作用很快就把理性打得一败涂地。不知什么时候，饥饿已经引导着我的两条疯狂的腿，腾云驾雾般从山坡上冲下来了；前面和左右两边的景色都变得模糊不清，只有那些汤呀，菜呀，馒头呀，在眼前旋转着，旋转着……

直到十字街口的时候，我才渐渐放慢了脚步。

我先站在铁匠铺后面的墙角里，心怦怦直跳，一边喘气，一边朝食堂的玻璃后面张望。班上的同学们已经不在了。

我一只手在衣袋里紧紧捏着那个铁盒子，兴冲冲向食堂门口走去，一颗心依然在胸膛里狂跳。

在食堂门口，我又停住了。因为我突然模模糊糊觉得，我这样做似乎不很妥当。为什么？为什么呢？

很快，强大的理性开始起作用了。一个我和另一个我在内心里激烈地展开了问答——

"你来这地方干什么？"

"我来饱餐一顿。"

"钱从什么地方来？"

"拾到的。"

"这说明钱并不是你的！"

"是的，是别人的。但别人丢了，我拾到了。"

"拾到别人的钱该怎办？"

"该……"

"该怎样？"

"该交出去。"

"那么你现在为什么跑到这儿来了？"

"……"

提问题的"我"立刻问住了回答问题的"我"。我啊我！我只感到脸上又烧又痒，如同什么人在头上浇了一瓢滚油！

我站在那里，就像莎士比亚戏剧中的人物那般矛盾。理智告诉我，我正在做着一件非常不光彩的事；而眼下还有挽回的余地。

不幸的是，此刻食堂里那诱人的饭菜的香味，正在强烈地刺激着鼻子的感觉，五腑六脏都在剧烈地翻腾着，竭力和理智抗争，希望解除对它们强烈需要的束缚。啊，我可真抵抗不了这个诱惑！

我站在那里，既前进不了，又难退出身来。这时候，欲望与理性像两个角斗士在我的精神上展开了一场搏斗：一方面，理性像一把寒光闪闪的利剑逼着欲望后退；另一方面，欲望却用自己的盾牌拼命地抵抗，以求得酣畅，求得满足。

这场内心的搏斗是极其残酷的。说实话，要我放弃吃这顿饭是十分痛苦的；同样，要我心安理得去吃这顿饭，也照样是痛苦的。

怎么办？

我只好对自己妥协说：还是先到一个什么地方呆一会，等心情稍微平静一下再说吧。

于是，我便折回身，抬起沉重的脚步，穿过街道，出了南城门，向体育场走去。我知道那里最安静，没什么人去锻炼身体。困难时期谁有多少体力到这里来消耗呢？

我来到体育场，解开脖项里的纽扣，在一根很长的平衡木下面坐下来，开始"平衡"自己的情绪。

我双手抱住腿，头无力地低抵着膝盖，纷繁的思绪闪闪烁烁。

西边的太阳快要落山了。日脚下依傍着几块宁静的暮云；云边上染着好看的绯红的颜色。不知为什么，这时候吴亚玲的面容突然在我的眼前闪现；我似乎看见她带着那么惊讶和惋惜的神情在看着我……

我把朝天仰着的脸一下子埋在了胳膊弯里，无声地痛哭起来。难言的羞愧像火一般烫着我的心，同时我也为自己的灵魂尚未彻底堕落而庆幸。我这时也想起了我的一瘸一拐的父亲；想起了他对我的那些一贯的教导："咱穷，也要穷得有志气，不吃不义之食……"

我爬起来，用袖子揩了揩脸上的泪痕，把手伸进衣袋摸了摸。嗯，那个硬硬的家伙还在。

我把脖项里的那道纽扣重新扣上，用手指头匆忙地梳理了一下乱蓬蓬的头发，就向学校走去。

八

当我把那个小铁盒放在我们班主任的办公桌上，局促而嗫嚅地说明情况以后，李老师一双眼睛在瓶底子一般的近视镜后面困惑不解地眨巴着，老半天没有反应过来。他凝视了我好一阵，又把那铁盒打开，数了数钱和粮票，一对"瓶底子"又对准了我的脸："这么多钱和粮票!"他从上到下打量了一下我的那身破衣烂衫,用另一种恳切的语气补充道:"噢,建强同学,你真是一个好青年,我为你感到高兴。你生活这样困难,还能做到这一点,这太不简单了!"他的两只瘦弱的手搭在我的肩膀上,非常亲切地看着我,然后转过身,在旁边桌子的一个抽屉里匆匆忙忙翻起来。

不一会,他便把一把饭票递到我面前,直截了当地说:"你拿去吧!这是学生和教师分灶的时候剩下的,我也没顾上换。你就别客气,拿去用吧!我知道你生活非常困难。是的,我们整个国家都面临着困难。我看到学校里许多同学都在挨饿,心里很难过。不过,我相信我们的党一定能领导我们渡过这困难关头的,因为我们的精神和整个的社会风尚是很好的,我们一定能战胜这严重的困难。建强,我从你刚才的行为里具体地看到了这一点……这点饭票,你就拿着吧……"

我缩着手,退后一步,赶忙说:"不,李老师,我有饭票。我还有事,我走了。"

我生怕李老师强迫要我接受他的馈赠,赶忙侧身退出了他的房间。

现在已经临近了黄昏,外面校园围墙下的那一片小树林影影绰绰,校园里静悄悄的没有一点声响。

我在大操场上走着,心情非常宁静。我不知自己要到什么地方去,忍不住站在了一块黑板报下。我猛然又想起了我的"冬季别墅"。

对,到那里去!那里有我的土豆和玉米。我几乎在黑暗中笑出声来:好呀,我现在可以心平气和地去吃那些东西了。此刻,我已经饿得有点麻木,除感到眩晕以外,胃的绞痛已经变成了一种隐隐约约的感觉,并不像先前那样尖锐了。

我在渐渐昏暗下来的天色中,摸索着爬上了中学后面的山坡。

我怀着一种难捺的热烈感情走到砖窑的洞口前。我一下子又惊呆了:我看见里面已经燃起了一堆火,并且还看见火堆旁坐着一个人!

这是谁?

我壮着胆子把头探进了洞里。原来是一个头发花白的中年妇女,正瞪着一双惊慌的眼睛看着我。她怀里还抱着一个六七岁的女孩子——孩子已经睡熟了。看来这是母女二人,都穿得破破烂烂,十分恓惶。

我心里忍不住一酸:她们是讨饭的。

那妇女一边惊恐地看着我,同时操着外乡口音说:"我不是坏人,我不是做坏事的。你听我给你说:我娃他爹在前年殁了,我娘母子少吃没喝,就出来讨吃来了,走州过县的,直跑到了有火车的地方。前一晌碰见我们那地方的一个老乡,说咱政府又发下来了一批救济粮。我寻思,不能再讨吃要饭了,该回乡去,要不给咱政府和共产党丢人哩!再说,母土是热的,就是死,也要死在本乡田地啊!今晚走到这里,没个落脚处,就瞎摸到这破窑来了,图它能挡个风寒……你是公安局的?我可不是坏人呀,从来也没做过坏事……"

我赶忙走过去,对她说:"婶子,你别怕,我是学生。"

我接着问她:"你们娘母子吃饭了没?"

"没……大人不要紧,娃娃……"她无力地垂下头,马上泣不成声了。

我默默地走到后墙根下,把藏在土里的那些土豆和玉米棒子统统刨了出来,拿到火堆边,对这个哭泣着的妇女说:"这些东西,你们赶快烧着吃吧!"

她抬起头,看看放在地上的土豆和玉米棒子,又看看我,两片没有血色的嘴唇哆嗦着,哇一声哭了。她一边哭,一边拍着怀里的娃娃说:"我娃遇上好人了,亲蛋蛋,快醒来,给你这个好干大磕上一头!"

我又急又臊,几乎是拉着哭腔说:"好大姊哩,快不要这样了,我这么小,怎能当娃娃的干大哩?我也是个娃娃啊!"

我告别了这母子俩,跌跌撞撞下了山坡,重新又回到了学校的大操场。

天上早已一片星光灿烂。这是一个宁静的夜晚,甚至能听得见远处河道里水的喧哗。什么地方传过来一阵拉得不熟练的小提琴声,虽然不成曲调,但那轻柔的颤音使人的心也不由得颤动起来。

折腾了一天,到现在我还没有吃一口饭。但我的心情非常激动,好像自己在什么地方已经美餐了一顿……

星期一,我们班主任李老师破例召开了一次班会。会上他非常动感情地把我"拾金不昧"的行为大大表扬了一番。但我觉得很不自在。我不愿意让人家把我当英雄看待。因为从根本上说,我自己最愿意过的是一种正常人的生活:大家相互宽容、坦诚、不歧视、不妒忌。就是谁做了天大的好事,也不要大惊小怪地张扬;相反,要是谁遇到了什么不幸就给予真挚的友爱和支持。我曾读过许多小说和著名历史人物的传记,那些优秀的人们,他们哪个不都是具有这样的精神品质的呢？我们就是当个平凡的老百姓，也应该这样要求自己才对……尊敬的李老师，你可不要再说下去了。你本来是一个不爱说话的人啊！

不用说，这件事以后，我的形象已经在班上的同学们眼里得到了改变，大家一般说来，都不再用嘲讽的眼光看我。我想起我入校以来的境遇，现在才感到精神上有了很大的慰藉。但周文明等少数几个人，仍然不把我放在眼里。他们除了在公布考试成绩时不小看我，平时照样对我摆出一副傲然的神态；爱在我面前扬起手腕，夸耀似的看手表；或者谈论他们吃腻了哪些食物。甚至放出流言说，我拾钱交公是为了叫老师和学校表扬。

我仍然尽量躲避着一些不友好的人，同时也躲避着吴亚玲和郑大卫他们，虽然他们对我是友好的。

打这以后，我就再也没到我那"冬季别墅"去。这倒不纯粹是那个亲爱的破砖窑里已经没什么东西可吃了；主要还是那天晚上母子俩的不幸情景给我留下强烈的刺激。我怕到了那里会触景生情，想起那些令人难受的事来。

但是每天晚饭后，我根本不愿待在宿舍里。我不想和同学们交谈什么，也不愿妨碍他们什么，要是我过早地躺到我那破羊毛毡上去，不光自己别扭，也使别人不自在。

我很苦恼，不知自己该上哪里去。到外面的野地里去蹓跶吧，天气又实在太冷，我穿得太薄。

想来想去，我觉得唯一的去处还是那个空空如也的破砖窑。

这天傍晚，像过去一样，我拖着两条软绵绵的腿，又独自无精打采爬上了后山坡，走向我的久违了的"冬季别墅"。

九

我做梦也没有想到，在那个砖窑口，我竟然又捡到了钱和粮票！

一只破旧钱夹，几乎和上次的那个破铁盒一样，丢在同一个地点。

我疑惑了：天底下哪有这等事！

猛地一个想法像闪电般掠过我的脑际：天啊，是不是有人故意把钱放到这里让我拿呢？我浑身打了一个寒颤。

是的，我现在断定事情肯定是这样的。有一个人大概为了帮助我，又怕伤了我的自尊心，就采取了这么一个办法。

这是谁？

我立刻搜索所有熟人的名单。我很快确定了——这是吴亚玲干的。是的，肯定是她！

这时候，我的心马上沉浸到了一种巨大的激情里，并且夹杂着一种莫名的恐惧。

一个人没有友谊是痛苦的，可友谊一旦来得太突然，太巨大，也能令人不安。尤其像我这样在生活中受惯歧视的人，接受一个在我看来很有身份的人的友谊，真有点受宠若惊，就像一个需要温暖的人突然来到火星子乱爆的打铁炉旁，又生怕烫着一样。

但不论怎样，我得很快选择处理这事的办法。要么立即找吴亚玲去，把钱当面交给她；要么就仍然交给李老师。反正这钱和粮票我是不能拿的。

我又想，冒冒失失去找吴亚玲，可能不合适，事情仅仅是我自己的猜测罢了；要万一不是她，岂不是自找难堪吗？

那么，这样看来，我只得把这些东西再交给李老师了。

对，还是交给他最合适。不过，这次可千万不能再叫李老师在班会上表扬我了。如果他再这样做，我简直忍受不了。再说，同学们也会猜疑这里面是不是另有文章，为什么我在短短的时间里就两次碰上这种事，而且还是在同一个地方？这是谁也没法解释清楚的。当然，我也要把自己对这事的真实看法告诉李老师，让他侧面问问吴亚玲，看这个"魔术"究竟是不是她耍的。我想：要是这事的确是她做的，她一定会承认，因为她的目的并没有达到。

我要采取的措施，就这样决定了。但我的心情是不能很快平静的。对任何人来说，这样的事都可以看成是极不平常的遭遇。我做梦也想不到这种事竟然能出现在我的生活里。我震惊，感动，我觉得愉快，又感到忧伤……为了所有这一切，我真想吐出一声长长的叹息来。

当我敲响李老师的门，并且激动地喊出一声"报告"之后，听见里面回话的是一个女高音，她说："请进！"

我跨踌了。我想李老师可能正和旁的老师一块研究什么问题哩。而要是有另外的老师在场，我真不好意思开口说我的事。但既然人家老师已经叫你进，就不能退了。

我来不及多想什么，只好硬着头皮走进去。

一进门，我不觉大吃一惊：哪里是什么女老师，原来是吴亚玲。屋里只她一个人，李老师不知干什么去了。她咯咯地笑着，然后舌头调皮地冲我一吐，说："我真不害臊，冒充起老师来了！"

我站在地上，留不是，走不是，脸憋得通红。

吴亚玲嘴一抿，眼光带着一点揶揄的意味瞧了瞧我，突然说："怎么？是不是又拾到啥东西交公来了？"

我的心一紧。

我忍不住拿目光斜视她：天啊！她此刻手里正拿着我上次交给李老师的铁盒子。我认定事情是她干的了。

我于是很快掏出了刚才拾到的那个钱夹子，放在她的面前，对她说："吴亚玲，你……你再不要这样捉弄我了……"

她立刻惊讶地看着我，说："捉弄？哎呀，马建强，我真难过！我想不到又伤了你的自尊心，请你千万不要见怪……这事是我做的。我深深知道你这人的脾气，我明白这样做也的确不很恰当。但我想帮助你，想不出还有别的办法。我要当面送你这些东西，你肯定不会收。后来，我知道你一个人常去咱们学校后边的那个破砖窑，就……唉，你这样下去怎办呢？你看你的脸色成了啥啦？真怕人，就像得了绝症的病人啦。你不知道，我们家就三口人，饭量都很小，我爸工资又高，钱粮都是有余的。建强，我求求你，你就把这些东西收下吧！这没有什么不好意思的，我喜欢和钦佩你的毅力，你的人品，你的学习精神，我想你不至于认为我这样做是侮辱你的人格吧？我是班上的生活干事，我有责任关心有困难的同学……你就把这些收下吧！"她从桌子上捡起那个钱夹子，连同手里的小铁盒一起递给我，两只眼睛对我真诚地望着。

"不。"我固执地说，把头扭到一边去。

她又转到我的正面来，同样固执地把这些东西再一次递给我，甚至有点生气地说："你非收下不可！你这人脾气怎这么怪！"停了一下，她又用商量的口气说："这样行不行？这些东西就算是我借你的，你以后有了办法还给我就是。"

"不……"我又把头扭到另一边去，两颗泪珠忍不住已经从眼角里溢出来了。

我听见她长长地叹了一口气，坐到原来坐着的那把椅子里。

这时候，李老师回来了。

我赶忙擦了擦眼，嘴唇发着颤，正想开口说明，但李老师抢先说话了："你别说，我都知道了。"他转过头对吴亚玲说："咱们商量的意见，教导处几个领导都同意了。"他扶了扶近视镜，又转过头对我说："马建强同学，学校已经同意每月再给你增加两元助学金。想再多争取一点，可按国家规定，这已经是最高一级了……"

我明白这也是吴亚玲的主意。这是我无法拒绝的。我的感情汹涌澎湃，无法用语言表达。我只默默地对李老师点点头，就很快从他的房子里出来了。

我在学校的大操场上走着。寒风吹着尖利的唿哨，带着沙粒、枯树叶向我脸上打来，但我丝毫感觉不到冷。黑暗中我把自己的一只拳头堵住嘴巴，我怕我忍不住会哭出声来。

当我沿着校园路边矮矮的砖墙走着的时候，有一个人突然堵在了我面前，黑暗中我一时辨不清这个人的面容，但凭身形的轮廓我判断是她。

是她，因为她已经说话了。

"……马建强同学，我再和你商量一件事，你看行吗？是这样，武装部最近有些零碎活准备雇人哩，你愿不愿意用课外时间或者在星期天去做做？这活并不难，他们想粉刷一些旧窑洞，想雇人先把旧墙上的泥皮剥下来。如果你愿意的话，我回去给我爸爸说一下，你去做。如果你做的话，我也想做哩。咱俩干脆把这活包下来得啦。你不相信我也会干这事吧，其实你还不完全了解我的性格。我这人有时候挺疯的。我想，我这么大了，从来还没花过自己挣的一分钱呢！我想要是拿自己挣的钱买个什么东西一定很有意思。对于你来说，这个收入一定能解决不少困难哩。这钱可不是谁送你的，是你自己劳动挣的！这你也反对吗？……你说话啊，究竟愿不愿意去？"

我听见她的声调都有点哽咽。

我是再不能拒绝她了。而且，我先前就曾有过做点零工挣几个钱的打算。

我对她说："我愿意去。"

她高兴了："这太好了。明天下午你就到武装部来吧，我等着你！"

就在吴亚玲转身要走的时候，突然一道手电光从侧面照来，先在吴亚玲的脸上晃了晃，又在我的脸上晃了晃，接着，就听见周文明那阴阳怪气的音调:"咦呀,我当是谁格来,原来是你们俩!"

"讨厌!"吴亚玲骂了一句,折转身走了。

"九九那个艳阳,天哪!十八岁的哥哥……"周文明胡乱哼着歌,手电一晃一晃地也走了。

我站在黑暗中,感到嘴里有一股咸味,大概是牙齿把嘴唇咬破了。

十

真正的冬天到了。

西伯利亚的寒流像往年一样,越过内蒙古的草原和沙漠,向长城以南袭来。

从中学地理书上看,我们这里没有任何山脉阻挡南下的风暴。这里就是第一道防风线。毫无遮掩的荒山秃岭像赤身裸体的巨人,挺着黄铜似的胸脯,让寒冷的大风任意抽打。要是天阴还罢了,天气越晴朗,气温反而越低。凛冽的风把大地上的尘埃和枯枝败叶早不知卷到了什么地方。风是清的,几乎看不见迹象,只能听见大川道里和街巷屋角它所发出的尖厉的嘶叫和呜咽。太阳变得非常苍白,淡淡地像月亮那样发出清冷的光辉,不能给人一丝儿暖意。

冬天啊,你给这个饥饿的大地又平添了多少灾难和不幸!

我那点单衣薄裳在寒风中立刻变得像纸一样不济事了,浑身经常冷得缩成一团,而且肚子越饿,身上也就越冷。

无论如何，我还是不能忙着就穿棉衣。我的棉衣要到实在忍受不了的时候才敢上身。

我把除棉衣以外的所有其他衣服都裹在了身上，结果由于这些不同季节的衣服长短大小不一，弄得捉襟见肘，浑身七扭八翘的很不自在。

但我感到幸运的是，我现在终于有了一条出路：我可以用课外做点零活的办法来补贴一下生活了。这可不是嗟来之食，我将用自己的劳动来换取报酬。亏得吴亚玲为我找了这么个差事。吴亚玲可真是个好人。

这天下午，我怀着惴惴不安的心情去了武装部。

碰巧在大门口就碰见了她。我一怔：只见她穿一身改裁的打了补丁的旧军装，头上戴一顶男式军帽，头发全拢在了帽子里，像个男孩子一般，她正给一辆架子车鼓劲地打气。看来她真的也要当"临时工"了，我原来还以为那晚上她是随口说说的呢。

她看见我，几下打完气，直起腰喊："呀，我还以为你不会来呢！"

她从架子车那边走过来，搓着冻得发红的手，说："先到我家里烤一烤火去。"

我说："不了。我就去干活，告诉我在什么地方。"

她犹豫了一下，说："那也好，干起活来就不冷了。瞧，下边那一排窑洞。梯子、镢头、铁锨，我都准备好了，还找了一辆架子车，好往外边运泥皮和土。来，你把架子车推上。"

我们来到下边那排窑洞，很快就干起来了。

这活并不难：把墙壁上那些损坏了的泥皮用镢头挖下来，然后再把这些东西装进架子车拉到外边的垃圾堆里倒掉。

我在墙壁上挖，吴亚玲拿架子车往外运。

第一次单独和一个女生在一块干活，感到很别扭。可吴亚玲倒不。她似乎也看出了我的拘谨，就寻思着和我拉扯一些闲话。"你喜欢唱歌吗？"她在我背后问。

"喜……欢。"我站在梯子上，胆颤心惊地回答。

"可你不常唱。听你说话，就知道你共鸣不错。我觉得，唱歌也要内在一些好。像周文明吧，嗓子还可以，可一唱就像驴叫唤，难听极了。你大概不知道，李老师原来想让我担任文体干事，可你那个赖皮同桌硬要当。为什么哩？还不是为了出风头？……"

她滔滔不绝说着，我很少对答。一方面是拘谨，另一方面是因为饿。

"哎，马建强！你现在能不能唱支歌？随便什么都行，让我听一听。学校最近要排一幕歌剧，说不定你能当男主角呢！"

我立刻有些生气了：这个人，话怎么这样多！人家饿得心火缭乱，还有什么心劲唱歌哩！

看来她还在等着我唱哩。我只好说："我实在……"我猛然感到一阵眩晕，身体摇晃了一下，就一个筋斗从梯子上摔了下来。

我听见吴亚玲一声尖叫，接着就感觉到两条并不有力的胳膊从背后往起扶我。

我挣扎着从她手里挣脱出来，一种触电般的惊恐使我忘记了身上的疼痛，靠在炕栏石上，只顾擦头上的汗水。

"啊，我知道了，你是饿的！"她把头上的帽子抹下来，紧紧抓在手中，飞一般跑出了这个尘土飞扬的窑洞。

我靠在炕栏石上，一边喘气，一边猜想：她大概是回家为我取什么吃的东西去了。不，我不会吃的。

吴亚玲很快就回来了。她并没拿来什么吃的，却把几张人民币塞到我手里，说："这是你今天和明天的工钱。我的一份我已拿过了。你快拿着到街上买点吃的吧！"

我看了看手中的钱，惊讶得半天说不出话来。天啊！我怎能相信两天的工钱就有这么多呢？

吴亚玲生怕我把钱再塞回到她手里，已经退到了门坎上。她一边继续往外退，一边回头对我说："明天下午你可还要来啊，你别忘了，明天的工钱你已经预支了。"她狡猾地冲我一笑，拔腿就跑。

我呆呆地捏着这一沓钱，心里明白这是怎么一回事。她自己根本不拿工钱，而把两个人的都给我一个人了，甚至说不定还把她家的钱也塞进去了。她用这种办法，仍然把她的钱给了我，又使我无话可说！

我拍了一下身上的尘土，出了窑洞，来到院子里。忽然，我听见上边院子里传来了郑大卫的声音——

"亚玲，你刚才到什么地方去了？害得我满学校找你，尽叫同学们笑话！"

"找我干什么？"这是吴亚玲的声音。

"哎呀，你这人！你怎忘了今天是我的生日？不是说好了的今下午到我家吃饭吗？我们全家人都等着哩。"

"哎呀，我倒真的给忘了……你急啥哩，要是你们家有好吃的，我天天都得去！"

"但愿如此。"

"哈哈哈……"

"嘻嘻嘻……"

听着交织在一起的充满感情的愉快的笑声，我也笑了。我为吴亚玲高兴，我为郑大卫高兴，我也为自己高兴。青春、友谊和爱的花朵，就是在饥寒中，也在蓬勃地怒放着。

我向国营食堂飞跑。我感到浑身的血液像是在燃烧着一般沸腾，长期凹下去的胸脯骤然间就隆起来了。

我破天荒饱餐了一顿，感到心满意足。就在我放下碗筷的时候，有人在我肩膀上拍了一巴掌。

回头一看：是周文明。

又是他，这真是活见鬼！不论我到哪里，偏偏会碰上他。

周文明狡黠地咧咧嘴，说道："没什么。兄弟，你吃你的吧，你交了好运啦。不过，可千万小心郑大卫扇你的耳刮子！"

我满肚子不高兴地离开食堂，刚才的兴致全没了。

十一

在吴亚玲的帮助下，我的生活好过多了。我用打零工得来的钱，买了一身绒衣和棉鞋，并且还买了点菜票。

我知道，我使用的这些钱里面，有许多是吴亚玲自己给我的。每当想到这一点，我便感到惭愧。

我长这么大，从来还没和一个女性有过这样的亲近呢。当然，在我和吴亚玲之间，除了她对我的关怀和我对她的感激，再没别的什么了——这我自己最清楚。但我总觉心中不安，不知道这究竟为了什么。我想人在经历一些自己从未经历过的事情时，不管事情本身是好是坏，大概免不了有些紧张吧。

但说实话，我真不愿失去这新的生活。钱对我来说固然是很重要的，而最重要的还是精神上的收获。人活在世上，最可贵的难道不是人与人之间的友爱吗？尤其当你身处逆境的时候，这种友爱不是更难得吗？

每天傍晚，我都去干活。活路已经很熟悉了，我和吴亚玲也配合得很好，一天比一天干得多。她告诉我，武装部有的是零活，一时干不完的哩。

相处了一段时间，我在她面前不再像从前那样拘谨了。我有时也敢哼一首歌子。但哼的时候，从来都是脊背对着她的。即使这样，我准知道她一定在静静地听。有时,她还把自己清亮而柔和的女高音加进我的低沉的歌声里。每逢这时,我总唱不下去,不是变声变调,就是戛然中止。

她呢,她也会停住,吃吃地笑着冲我说:"我的声音大概像老虎?"

啊,生活也有这样令人快活的时刻!对我这个让人歧视的乡巴佬来说,这突然出现的一幕真像梦境似的不可思议。

啊,这是一个严寒的冬天,却又是一个温暖的冬天;这是一个贫困的冬天,却又是一个充实的冬天——一个永远不能忘记的冬天啊!

由于物质和精神两个方面都有了转机,连我自己也感到自己变得"神气"多了。我自觉我的腰背直了些,脚踩在地上也稳稳当当的,甚至思路也变得敏捷了。

可是好景不长。

不久,一种不祥的气氛出现了。我感到,班上几乎所有的同学都开始用一种异样的眼光看待我和吴亚玲。尤其是周文明,给同学们比比画画,挤眉弄眼,似乎我们做了什么坏事。我非常痛苦,倒不在于同学们对我怎么样,而是为吴亚玲不平。我已经习惯了各种各样的欺负,但她平白无故的,能忍受得了吗?

我现在才清楚我原来那模糊不安的心情究竟为什么。全是由于我的缘故,现在却使另外一个人受到了伤害。我的心如刀绞。

事情还远没有完。过不多久,又牵连到了第三个人——郑大卫。

大卫和亚玲的关系一直很好,这是谁都知道的。我自己也经常朦胧地感到,像亚玲和大卫这种关系大概就是人们常说的"恋爱"吧。

55

看得出来，那些风言风语传进了大卫的耳朵。幸灾乐祸的周文明肯放过这样的机会吗？

有一天早上，我有事提早到教室去。当我走到门口的时候，不得不站住了。我听见里面有两个人在说话——听声音是郑大卫和吴亚玲。

"大卫，你这么早把我叫来总有什么事吧，为啥又不说了哩？"

"亚玲……我……很苦恼！你和马建强究竟是怎回事？"

"啊，原来你是听周文明造谣了！你不看看，马建强他是一个多么老实的人，他现在够恓惶的了。我只是想帮助他解决点困难，让他到武装部干点零活，挣两个钱……"

"那你不能用其他的办法帮助他吗？比如赠给他一些……你们家要是没有宽余的，我们家有……罢了，这事由我来办。"

"你可万万不能这样！大卫，你根本不知道，马建强是个自尊心忒强的人，他决不会接受。你为什么不想一想，一个人困难到这样的地步，而且要正直地生活下去，除了宝贵的自尊心还有什么来支撑他呢？"

"那你也不能老让他到武装部去嘛！"

"武装部怎啦？他又不是个坏人，为什么不能去！"

"不是这……你这人呀！你就不看现在多少同学说闲话？"

"让他们去说吧，真可笑，我不怕！"

"这叫我受不了……"

"想不到你也这么可笑！这是我自己的事，和你不相干，你别管！"

"你……"

"我怎啦？"

"啊……"

啊！我赶快离开那儿，向校园西南角那个落光了叶子的小树林跑去。我感到难受、羞愧，我已经给别人带来了这样的烦恼！

我的手在衣兜里捏住那一沓菜票，就像捏着一把圪针，身上的新绒衣和脚上的新棉鞋也叫人感到刺眼极了。

从此，我不敢再看大卫的眼睛。我觉得他应该恨我，我对不起他，他的烦恼不论怎样，都是我造成的。

大卫看来也真的完全陷入了一种深深的苦恼之中，平时连话也不说了。他的平静的内心和惬意的生活完全被这件事情打破。以前下午放学，他总是和吴亚玲一块离开学校；现在，他总是一个人低着头悄然地走。虽然他看来比一般同学要老练，但实际上他也还是个远不到二十岁的年轻人啊。

谣言越传越凶，全班人都在背后议论纷纷。不但我，吴亚玲，连郑大卫也都成了攻击的对象。平时，我们三个在班上学习最好，经常受老师表扬，有些人或多或少心怀猜忌，现在好不容易找到个缺口，能不尽情渲染、攻击一番吗？这些倒也罢了，最糟糕的是，我们三个无辜者之间的尴尬局面造成了一种极难堪的嫌疑。由于大卫的苦恼，别人真以为我和吴亚玲的关系说不清楚。而吴亚玲又是一个生性倔强的人，根本不愿向大卫的这种态度屈服。至于我，又能做些什么呢？误会正是由于我而产生的，我除了痛苦和沮丧，实在一筹莫展。

我想，发生的事情已经发生了，一切都无可挽回，但我起码还可以做到：再也不去武装部了。而且今后要远远地躲开吴亚玲，我应该仍然回到我自己的孤独中去。

十二

第一场大雪终于来临。

雪连续下了一天一夜。落雪的白天和夜晚，都没有起风，天气并不怎样冷，甚至有一种微微的暖意。雪花一直在静悄悄地飘落，大地很快就被白雪所覆盖。

雪是在第二天早上停的。但天仍然没有晴。下午起了风，满天的云彩骤然间像撕碎的棉絮一般飞散开来。苍白的太阳从云缝中斜射出微光，大地白得耀眼。远处的地平线上，覆盖着白雪的山峰失去了往日的峥嵘，似乎变得平缓了，模糊地显出许多柔和美妙的曲线。傍晚，风向变了，天空重新罩上一层铅灰色的云帐。

雪景是一种壮观。尤其在黄昏，大地上那种单纯的、无边无际的、模模糊糊的白色，会使人的内心变得非常恬静和谐。感情丰富的人，会在这样的时刻产生诗的联想，画的意境，音乐的旋律。

以前，每当这样的时候，我总爱一个人默默地踩着绒毯一样的积雪，在田野里漫无目的地走动，心中充满了喜悦。我常常在黄昏里面对白皑皑的山峦不由自主地微笑；或者故意在村前小河积雪的冰面上徜徉，好让自己在不知不觉中陶醉在一种难言的喜悦之中……

现在，我呆立在校门外右边的那座高大的石牌坊下，面对着同样是黄昏中的雪景，再也产生不了过去的那种情绪了。雪也似乎不像过去那般晶莹可爱，看上去惨惨白的，又经黄昏色彩的涂抹，心头泛起的却是凄凉之感。

我不再去武装部干活了。我真的又回到了自己的孤独中。

眼下的孤独全然不同于往日。我曾短暂地闯入过另一个生活领域，而当这个插曲像流星一般逝去的时候，心中便留下了一个巨大的空虚。我吞惯了生活的苦汁，一旦尝了些许甜头，那味道却永远地不能消失。反过来觉得眼前的苦，具有更大的苦味。我怀疑这是命运的捉弄。我虽然不是处处相信命运，但也还没有成为一个彻底的唯物主义者。

我呆呆地望着学校下边武装部的院子，那在静静的雪夜里闪烁着的灯光，正像她的眼睛一般亲切、温暖。

她还在那尘土飞扬的窑洞里干活吗？她额头上的汗水还像珠子一般在流淌着吗？

那肯定是不会的了。她以前是为了我才去干那个苦活的。现在，她帮助人做了好事，却受到了诽谤。这多不公平！我自己受这种煎熬是可以的，为什么把不幸降临到她的头上！

我不知道在什么时候，吴亚玲忽然出现在我的面前。

我一经认出是她，浑身一阵哆嗦。

"到处找你找不见……你怕什么呢？你为什么不去干活了？亏你还是个男子汉！"她的手斜插在衣袋里，两只眼睛严厉地盯着我。

我感到无比的惶愧。

我怎样对她说呢？她应该知道，我这样做是对的。我怎能再让她承受那些压力呢？

我想分辩一两句，但说不出话来。此时此刻，她毫不在乎地又来找我，那勇敢坦荡、正气凛然的禀赋，使我一下子受到了巨大的震惊，就像一道闪电划过了我的灵魂，我猛然觉得我从这个女性身上看到了一种完全陌生而又非常令人惊奇的东西！这是一种什么东西呢？

我后来慢慢细想，才明白过来：这是一种脱俗的精神。而我身上所缺乏的正是这个。我以前尽管够得上是一个刚强严谨的人，但带着一股乡巴佬的小家子气。雪夜黄昏，这位女同学用她精神上的闪光照亮了我的缺陷。尽管当时我没能很快领悟她的这种气质，但给我以后的整个生活中带来了巨大的影响（这个故事里将不会叙述这些了）。

我站立在石牌坊下，只是受审似的面向着她，不知如何是好。

或许是她的这种坦荡的胸怀感染和鼓舞了我，于是我抬起头大方平静地望了她一眼。雪地上的微光映出了她清秀的脸庞、倔强的额头、一双美丽清澈的眼睛。嘴唇是微微翘起的，浮着一丝亲切的笑意，显示出了她性格的另一方面：温柔、真诚、恬静。

"走吧，咱们现在就去！"她望着我，下巴朝武装部的院子扬了扬。

感激之情在我胸中奔突，我用哭声对她说：

"亚玲！我再不能连累你了。我自己完全可以生活下去……你是个好人！我像姐姐一样尊敬你……"泪水涌出了我的眼睛，热辣辣地淌到冰凉的脸上，又掉在了雪地上。

她笑了，说："我比你还小一岁哩，不敢当的。"

接着，她轻轻叹了口气，说："那今晚上就不去了，明晚上可一定要去呀。你知道，咱们可是包工活，剩下的我一个人干不了！"她冲我诡秘地一笑，转过身没入了茫茫的雪夜里。

我也向学校走去。一路上心里翻腾得厉害。我刚踏进学校的大门，就看见周文明背着个黄书包，从院子那边大大咧咧走过来。他大概在教室坐不住，回家去的。

我想躲开他，不愿和他打照面，但来不及了，他已经走到了我面前。

他棉帽的两片耳遮耷拉着，从头到脚打量着我，脸上堆起讥笑，学电影里日本人的腔调说："又到武装部干活干活的去了？八路给你米西米西了？"

我再也控制不住自己的愤怒，我没有出声，一扬手就狠狠给了他一巴掌。

我立刻惊呆了，我怎么能打人呢？

周文明也惊呆了。不过，他很快反应过来，把书包一扔，猛扑上来。

我们扭在一起，都倒在了雪地上。

一旦打起架来，我哪是这个家伙的对手！他终于把我按倒在雪地里，骑在我身上，揪住我的头发，直把我的头往地上碰。

我感到眼前一阵发黑。好在地上积雪很厚，头没有被碰破，但他还不肯罢休。

突然，我感到周文明猛地从我身上跌落了，先是咚的一声响，紧接着"妈呀""妈呀"地叫开了。

等我爬起来的时候，周文明也正爬起来。我看见他用手背揩着嘴角上的一丝血。

我发现郑大卫就立在周文明面前，皱着眉，一声不吭地看着他。我明白了，刚才是大卫把他打倒在地的。

文明看见大卫满脸的阴沉，慌忙地从他身边绕过去，撒开腿跑了。他一边跑，一边骂道："郑大卫，大熊包，老婆让人家拐走了！"

大卫嘴唇哆嗦着，把自己掉在地上的书包捡起来。

就剩下我们两个人了。这是一个极为难堪的场面。

我犹豫了一下，走近他一步，还没容我开口，他把书包往肩头一挂，望了我一眼，那眼神反映了一种难以捉摸的复杂情绪。他迅速转过身，头也不回地走了。

我站在空荡荡的雪地上，望着他远去了的背影，心里难受：他无意和我说话，这个生活的幸运儿！不过他对我分明深有成见，仍然助人危难，这说明他为人刚直。啊，大卫呀大卫，难道你就看不出来我和亚玲究竟是一种什么关系吗？你能相信那些生造瞎编的谣言吗？请你认认真真地想一想吧。

十三

第二天，我已经完全没有心思去上课了。我连假也没请，就离开了学校。在学校的四堵墙里，我感到非常压抑，一分钟也呆不下去。

可是，上哪儿去呢？

从校门里望出去，只见四野茫茫，路断人绝，看不见任何飞禽走兽。城市高低错落的建筑物全埋在厚厚的积雪里。屋脊上的烟囱飘曳着一缕缕灰白的烟，融入了铅一般沉重的天空。冷飕飕的小北风夹着细小的雪粒迎面打来，像无数枚针刺着一般疼。

我出得校门，穿过那座石牌坊，在没有路的地面上随意向旷野走去。一不小心我滑倒了。滑倒就滑倒，我索性也就不爬起来，闭住眼躺在雪地里，专心地、痛苦地思考着唯一的问题：我该怎么办？

怎么办？吴亚玲横遭非议，郑大卫强忍痛苦，周文明火上加油，全班同学在看笑话……而这一切都是由我才引起的。我现在甚至憎恶自己的存在。

可是，吴亚玲痛苦，郑大卫痛苦，难道我就不痛苦？难道我已经干了什么见不得人的事了？

一种委屈的情绪使我鼻根发酸。我赌气地想：我现在之所以落到这样的境地，说到底，是因为我没有一个挣工资和吃国库粮的爸爸！我贫困，但我并不眼红别人富有，也从没抱怨过什么，只怪自己的命运不济。本来，我自己是可以咬着牙默默地生活下去，把高中的学业完成的。可是，却偏偏出了个吴亚玲……

难道我又能怪她吗？

不！她是高尚的。她不仅在物质上帮助了我，更重要的是在精神上给了我友爱和温暖。她帮助了我，却为此付出了名誉的代价——对一个女孩子来说，名誉并不是可有可无、可好可坏的。

我也想到了郑大卫。也许他看得出来，吴亚玲和我是清白的，但众人的舆论使他难以忍受。他良好的品格使他在诽谤面前得以容忍，但也因此而越发加深了他的痛苦。

诚然，我更多的还是从吴亚玲的角度看问题。我知道，亚玲心里热爱大卫，她看见他痛苦，肯定会百倍地增加她自己的痛苦。我们中间，最苦的还是吴亚玲。

我抓起一把又一把雪，狠狠在自己脸上搓；我在雪地上打滚，揪自己的头发，像一只受了枪伤的野兽。

已经到中午了。从早上到现在，我粒米未沾，滴水未进，但并不感到饿。

我从雪地上坐起来，双手抱住膝盖，像走了很长时间的路，感到浑身疲乏。我迷茫地遥望着白雪皑皑的远方……

远方有两座山，在那两座山的中间，是个像瓶颈一样的沟口，从那沟口进去，不就是通往家乡的路吗？

此刻，马家圪塔的乡亲们也许正坐在炕头，老头们在捻毛线，男人们倒在枕头上打鼾，女人们怀里抱着饿得睡不着觉的孩子们，嘴里低吟着古老的歌谣："鸡呀鸡呀不要叫，狗呀狗呀不要咬，妈妈的命蛋蛋好好睡觉……"

父亲呢？也许正在那黑得像山洞一般的土窑洞里，蹲在炕头上，一锅接一锅地抽着旱烟。或许并不在炕上，而将那把祖父手里传下来的长方形的黄铜锁锁住冰窑冷炕，拖着瘸腿，一拐一拐在山洼里寻找寒风没有摇落的野酸枣。要么，干脆在村头碾谷场上，扫出一块干净的空地，支一只草筛子，撒上一把谷糠，扣它一两只贪嘴的麻雀。我好像看见他躲在老远的柴垛后面，两只手正拉着拴着筛子的绳子，眼睛盯着那块空地，等待着，等待着；积雪落满了他的双肩，落满了他苍白的头发……要是他今天能吃上一只烧麻雀或者几颗干瘪的野酸枣，他就一天不会动烟火了，而把那省下的一点口粮托人捎给我……

我双手蒙住脸，忍不住哭了。

雪又开始密了，大了，飞舞着的雪花把天地间搅得一片迷蒙。地平线在视野里消失。一片两片的雪花，钻进了发烫的脖项里，融化了，变成冰冷的水滴向脊背上流去，叫人不由得打寒颤。旷野里静悄悄的，我的哭声只有我自己在听。

啊，我是多么害怕自己在心里已经做出的那个决定呀！但我又必须去这样做：为了解脱所有其他人的痛苦，我决定要退学了。

这无疑等于自己扼杀自己。我知道，我的一切美好的理想和无数未来的梦都被打碎了。为了今天和将来，我已经走过了漫长而艰难的路，现在正到了一个关键的时刻，却遭到了挫折，而这挫折竟是这样没有料到的原因所造成！

但从另一方面看，我又不能不这样做。对于我这样的年龄、这样的性格、这样的社会处境的人，遇到这样的事，要想在道德上成全自己，只能采取这样的行动。我没有那种既能排除别人的误会和痛苦，又能使自己灵魂安宁的力量。我只能使自己承受加倍的痛苦，去换得别人的不痛苦。

一种油然而生的豪侠气，使我的精神变得爽朗。我丝毫也不懊悔自己的决定。这也是我的良心的要求。从某种意义上说，这只是对另一颗高尚心灵的回报。

雪越下越大，被风吹斜的雪花，像白色的无边无际的瀑布向大地上倾倒下来。

此刻，欢愉的情绪在我的周身漫延开来。这是由于心灵的纯净而产生的情绪，任何一个正直的人都会有所体验的。

正在这时，我感到有一个什么沉甸甸的东西落在了我的肩头。我抬起头：呀，是我的班主任李老师，搭在我肩上的正是他的手。

李老师就蹲在我身边，眼睛透过瓶底一样的厚镜片看着我，问："建强同学，你病了？"

我摇摇头。

"家里出了什么事？"

"没有。"我回答。

"你自己有什么事？"

"……"我语塞了。

"是的，我看你好像有什么事，最近你情绪不太好。是不是又没粮了？你下午到我宿舍来，我还有一些剩下的饭票，你拿去，不要客气。我胃不好，吃不了多少……现在是困难时期，大家都在饿肚子。不论怎样，还是要好好学习，要想着祖国的未来。你是个有前途的青年，千万不要耽搁学习。今天，你旷课了，连假也没请……还是周文明同学告诉我，说他看见你在这里……"

李老师拍了拍我身上的雪。我站在他面前，冻僵了的腿直哆嗦。

我不敢看那对有着许多圈圈的镜片，只是低着头，手在脸上无意识地摩挲着，缓慢地说道：

"李老师，我很感谢您，我……我就要离开学校了！"

"为什么？"李老师高大的身躯弯下来，近视镜都快挨到了我的脸上，迷惑地看着我。

我再也忍不住，像一个受了委屈的孩子，把头伏在李老师宽厚的胸前，哽咽得再也说不上一句话来。

李老师一条胳膊搂住我的肩头，另一只手轻轻在我肩背上摸着，说："建强同学，你是一个性格坚强的孩子，怎么能因为困难就退学呢？就是你回到家里，也照样是缺粮啊！你千万不能这样，古话说，一失足成千古恨。等你将来后悔了，就来不及了……"

"不是因为这……"我抬起头来，犹豫了一下，竟然一口气把所有的心事都向李老师倒了出来。我觉得他是一个经过世事的长辈，他的人品也完全值得我尊敬和信任。再说，他是我的班主任老师，我应该对他说明我退学的原因。这并不是为了让他把我挽留下来。不，我已经决定要走，这是无论如何不能改变的。

"啊，原来是这样……"李老师听我叙说完，轻轻说了一句，然后就在雪地上踱步。

他在我面前的雪地上转了一圈又一圈，后来又坐在了雪里，两只手微抖着从衣袋里摸出一支困难时期出的"经济"牌纸烟，点着后一口接一口抽起来。

踱了好一阵，他停下来，用两只手捧起我的头，厚镜片对着我的

67

脸，满怀激情地看了看我，缓缓说："咱们回去吧……"

一路上，我的老师什么话也不说，我根本猜不出来他对我的这些事是怎么看的。

进了学校，我要回宿舍去，但李老师不让，叫我跟他到了他的宿舍。他肯定有什么话要对我说。

十四

李老师让我坐着，然后在桌子下面的一个纸箱子里摸索了半天。

我看见他摸出两个鸡蛋。这年头，鸡蛋可是稀罕物，李老师不知什么时候存下的，大概舍不得吃，放了好久，蛋壳上都蒙了厚厚一层灰。

他把鸡蛋洗了洗，放进火炉上的铁锅里，才坐到我对面。

他扶了扶近视镜，默然了一阵，开口说：

"我今天很激动。为什么？是因为你的事深深触动了我，使我回想起自己年轻的时候……噢，本来我不该把自己这样的事告诉像你这样的年轻人，可是……"

他犹豫了一下，接着便又缓缓地说起来。

"……这已经过去多年了。那时，我还年轻，快大学毕业了。就在这个时候，我深深喜欢上了我们班上的一位女同学。在大学的最后一年，我们是可以考虑婚姻问题的。那位我所喜欢的女同学对我也不错。

"可是不久,我才知道我最要好的一个朋友已经追求这位女同学多时了。如果没有我,他们是完全可结合的。由于那位女同学对我表示了更深的好感,使得我的朋友陷入了极大的痛苦。

"我当时懊丧极了。我虽然喜欢那位女同学,但看见我的朋友那样痛苦,感到自己做了一件不应该做的事。

"就这样,在毕业分配时,我终于放弃了留校的机会,自动要求到你们这里来了。你知道,我们那里离这里几千里路。我当时只有一个想法:远远地离开他们,让他们结合……后来呢,他们果然结婚了……"

李老师站起来,开了柜子上的锁,在里面取出一张照片递给我。我看见,那上面是笑得甜甜的一男一女,在他们中间,有一个小男孩。这无疑是李老师的朋友一家了。

"后来我在生活中再也没遇到一个自己满意的女同志,因此直到现在,拿你们本地的话说,还是光棍一条……"李老师淡淡地笑了笑,又说,"但我现在并不后悔自己当年的作为。人在世界上,难道不应该活得更高尚一些吗?当然,你的事和我不一样,但从精神上说有共通的地方,因此使我激动。"

李老师平静地叙说着,但神态是那样的庄严。

我也静静地听着。我第一次听见这样令人感动的关于爱情的故事。

"不过,建强!你难道就非得退学不可吗?这似乎是不必要的。让我来做做你们所有人的工作吧!你,亚玲,大卫,文明……请你相信我能做好你们所有人的工作。"李老师站起来,手搭在我的肩膀上,等待着我的回答。

"不!"我抬起头望着亲爱的老师。他刚才给我讲的他自己的经历更使我坚定了我的信念和决心。我对他说:"李老师,事情已经到了这个地步,您越做工作,影响越大,说不定会闹到全校同学都知道这件事。这样,对吴亚玲同学的压力就更大。我已经决定了,非退学不可。我回去可以自学,我决不会丢掉学业的。我现在只要求您,对同学和学校领导说我是因为家庭困难才退学的,千万不要说出真相。在我离校之前,也请您保密,让我悄悄地走……"

我的喉咙堵塞了,再也说不下去,两只手抱住头,一下子趴在了桌子上。

当我抬起头来时,见他把一封信递到我面前。我不明白这是怎么一回事。

李老师扶了扶近视镜说:"我尊重你的决定和对我的要求。这封信,是我给咱们邻县中学的教导主任写的,他是我的朋友。你们那里到邻县和到咱们县城距离差不多,我建议你到邻县中学继续上学。那里只是环境生疏一些,说话口音和咱们县不一样,慢慢就会习惯的。你先去联系一下,如可以,你再来补办个转学手续。"

我感激地拿起了这封信,不知说什么是好。

"我……尽量这样争取吧……"我站起来,向李老师告别,他却一把拉住我,把两个煮熟了的鸡蛋硬塞到我的衣袋里。

第二天上午,我就办完了退学手续。这一切很容易,因为在这困苦的年月,退学的人几乎每天都有。至于行李,没什么可收拾的。我想：明天一早，在打起床铃之前，我只消把铺盖一卷就可以起身了。

整个下午和晚上，我所碰见的班里的人都告诉我，吴亚玲在找我。其实，有几次我已经看见了她，故意躲开了。我想，她大概又是要找我到武装部去干活。别了，永别了……

我决心在我走之前，再不看见吴亚玲。晚上，我有意没在宿舍里，到高年级教室后面的大墙外消磨掉时间。

很晚了，我才回到自己的宿舍。

同学们都已经睡熟了，灯还亮着。我在地上怔怔地站了一会。这个时候，我才感到一种难言的悲哀。明天啊，我就要离开这里了，也就是说，我将要离开自己原有的生活道路，要重新开始一种新的生活了！

我也可能去邻县的中学继续上学，但怎能再折腾得起呢？我想我多半要剃个光头，春夏秋冬，把自己的全部青春和生命贡献给土地。劳动并不是一种耻辱，而是我们生活的基本要求。当个农民，对于土生土长的农家儿女来说，这样的命运是很平常的，无数的人都这样走完自己生命的历程，就像一棵平凡的树苗，从土地上长出来，最终又消失在土地里……

我打开铺盖，发现被子里夹着几本书，一看，是《青年近卫军》、《钢铁是怎样炼成的》和《把一切献给党》。

我像预感到什么似的，很快把书翻了翻，果然还夹着一封信，正是吴亚玲的。

马建强同学：

　　我中午去教导处开会，听老师说咱们班一个同学退学了，刚办完手续。我赶快问他这个同学是谁，一问才知道是你。我难受极了，下午和晚上到处找你，也没有找见。你肯定在躲着我。我知道你退学的真正原因是什么。我没有想到我的好心却给你带来了恶果。我很痛苦。不论怎样，我认为你根本不应该退学的。我真不知道该怎么办……

　　送你两本我爱读的书，你也一定会喜欢的。我想，不论国家和我们个人眼前遇到多大的困难，遭到多大的不幸，我们决不应丧失信心。我们要努力奋斗，要勇于牺牲，手拉着手朝前走，使我们的青春无愧于我们伟大的祖国，伟大的时代。这三本书会帮助我们更好地走向生活……

吴亚玲

　　我把这封信翻来覆去看了好几遍，心里就像开水锅一样翻腾着，久久不能平息。

　　我从被窝里爬起来，拉灭了灯，一个人又出了宿舍，来到学校的大操场上。

　　天已经晴了。暗蓝的天幕上，点缀着密密麻麻的星星。一轮明月挂在高空，清洌洌的光芒照耀着白雪皑皑的大地。

　　我长久地徜徉着，似乎想了许多许多，又像什么也没想。感情的潮水在胸中涌动，酸甜苦辣，样样味道都有，想笑，又想哭……

十五

这可是一个绝好的早晨。太阳从遥远的地平线升起来,给积雪的大地涂抹上一层淡淡的红光。整个黄土高原这样一装扮,气势顿时显得异常的雄壮。冬季里满眼的荒凉都被厚绒绒的白雪遮盖了;大地上所有的高低错落和参差不齐,都变成了一些单纯的互相衔接的曲线。一切都给人一种丰润和壮美的感觉。

瘦骨伶仃的我背着行李,出现在原野里,走进这样一幅大自然的图画中。

出了县城,穿过平展的田野,进了大山夹着的深沟——山路立刻变得崎岖险要起来。

我艰难地跋涉着。为了不掉进深涧,思想和精力全部都集中在脚下。

为了避开同学们的目光,我是在天还不明的时候就悄悄离开学校的。没有睡觉,没有吃饭,肚子饿得像猫爪子抓着一般。眼睛发黑,腿在打颤,十几里的路上已经记不清摔了多少跤了。

在一个可以避风的石崖下,我连人带行李一起倒在了一块没有落雪的土堆上,闭住眼大口大口地喘息。

我倒在这里,再也起不来了。一种孤苦伶仃的感觉控制了我,寂寞、灰心,就像一个打了败仗的士兵。记得在夏末初秋的时候,我正是怀着美好的心情从眼前这条路上走向县城，走向我向往着的新生活的。现在，却从相反的方向回来了。这也许是我整个生活转向的起点。

尽管如此，我对我的行为并不后悔。不，一切过去的都已正如父亲所说的："咱们的祖坟没有埋着好风水！"

"爸爸，你说得对……"我闭着眼睛，头枕着铺盖卷，喃喃地念叨着，不知是瞌睡还是昏迷，感觉到意识无法控制，渐渐地就什么也不知道了……

后来，我梦见我死了，尸体放在一块冰上，骨头都被冻裂。甚至还在梦中我就发出这样的疑问：既然死了，为什么我还能觉得冷呢？噢，原来我并没有死。但是，怎么啦，周围的冰仿佛变成了热的，使得我身上渐渐暖和起来。并且，我好像还听见有谁在很遥远的地方呼叫着我的名字……

我醒了。睁开眼一看，身上盖着一件棉大衣，郑大卫正蹲在我身边。这比梦境更叫人不可思议。

"建强！"大卫叫了一声，用手背抹了抹镜片下面的泪水，嘴唇哆嗦着。然后，他从身上的挂包里掏出一把饼干，双手捧到我面前。

我立刻意识到眼前发生了怎样的事情。一阵颤栗闪电般传遍全身。以前所有的嫌隙顷刻间化为乌有，充满眼前的是净化了的真诚。我从大卫手里接过了饼干，也接过了他对我的崭新的情谊。

"我对不起你，没想到把你逼到了这步田地。我听亚玲说你为此退了学，感到揪心般难受，就跑来追你了。你一定要回学校去！我们已经重新给你在教导处报了名，你一定要回去。同学们听说你退了学，还捐助了许多粮票和钱，大家都在等待着你。李老师还把我和亚玲、周文明叫去谈了话，他俩也来了，在后边……请你原谅我吧……"

他把掉在地上的棉大衣披到我身上，像大哥一样，胳膊亲热地搂住了我的肩头。

我在他的胳膊弯里哭了。幸福、喜悦、委屈，所有的感情都一齐涌上来了。

大卫也在抹泪。这时候，我们都像孩子，又都像大人。是的，我们正在离开孩子的时代，走向成年人的阶段。在这个微妙的，也是美好的年岁里，它将会留给我们多少难忘的回忆啊！

这时候，从我们身后响起了一声喊叫：

"追上了！追上了！"

这是周文明。在他后边，是满身糊着雪粉的吴亚玲。她看见了我，猛地站住了。喜悦的笑容绽开在她的脸上，眼睛里绷着一层泪花。

周文明三跷两蹦就来到我面前，一改平时的骄横，脸上泛起红潮，直率地对我说："很对不起你。李老师已经批评了我，我给亚玲和大卫道了歉，现在也要向你道歉。我耻笑过你，伤害过你，请你原谅。你实际上是一个有骨气的好人，不好的是我。我这人毛病是太多了，从小在巷子里打架长大的。我记起了你的许多好处。旁的不说，每次考试，我不会，总要偷看你的几道题；你明知道我偷看，也不告给老师，还有意让我看哩……嗨！不是你，我恐怕今年下来要留级了。从今以后，我也要好好向你们几位同学学习。建强，你回去吧！以后缺什么就说，我们家什么都有。我们拜个干兄弟吧！你以后在学习上多帮助我……你能原谅我吗？"

周文明的话使我深受感动，我对他说："我永远不会记恨你的。你很聪敏，只要努力，学习一定能赶上来！"

亚玲走上前来，对我说："快回去吧，李老师也在后面赶来了。咱们快点往回走，好让他少跑点路。他是个深度近视眼，别让他跌一跤，把眼镜给碰掉了！"

我们都笑了。大卫开玩笑地对我说："看你犹犹豫豫的，还有什么要谈判的条件吗？"

我却认真地对他说："那你……一定要和亚玲好！"

大卫的脸刷地红了，亚玲的脸也红了，文明却背起我的铺盖卷，大喊一声："咱们开路开路的！"他喊着，走在前头，又转身对我们说："路不好走，咱们四个人干脆一个拉着一个。我走头，开路开路的；建强拉着我，大卫拉建强，亚玲拉大卫，空气拉亚玲！好不好？"他向我们做了个鬼脸，大卫和亚玲相视一笑，都不好意思地把头扭到了一边……

就这样，我们四个人手拉着手，踏着我们来时踩出的脚印，跌跌爬爬，嘻嘻哈哈，在白雪皑皑的峡谷里行进。走在前面的周文明吹起了响亮的口哨；口哨吹出的旋律是我们熟悉的《游击队之歌》。我、大卫和亚玲，忍不住和着文明的口哨声，轻轻地跟着哼起来。我们的父兄们当年就在这些山野里哼着这首歌，战胜了无数的艰难和困苦，赢得了革命的胜利；今天，这不朽的歌曲同样使我们的感情沸腾，激励我们在困苦中热情地生活，坚定地前进！

我拉着伙伴们的手，唱着亲切的《游击队之歌》，走向县城，走向学校，走向未来；我浑身的血液在激烈地涌动，泪水很快蒙住了眼睛，两边那耀眼的雪山逐渐模糊了，模糊了……

一九八〇年冬天到一九八一年春天写于西安

*原载《当代》1982年第5期。

夏

我为我心爱的人儿

燃到了这般模样!

——郭沫若:《炉中煤》

一

杨启迪爱着苏莹。不过,他现在还只是在心中暗暗爱着。别看他二十大几,粗手大脚的,一副男子汉气概,却是一个很腼腆的人。他热烈地爱她,但又没勇气向她公开自己心中的秘密。

和一般初恋的年轻人一样,他近日来特别强烈地希望比平日更多地看见她,更多地和她说话。可一旦见了面,嘴反倒笨得像被驴蹄子踢了一般,连对她说话的声音自己都听不清楚——而他过去虽不是一个能说会道的人，但决不至于笨得连一般的话也说不成！

每当这个时候，他就赶忙离开她。生怕他的笨拙给她留下不好的印象，或者引起她的另外一些不好的猜疑。当然，如果她猜疑他爱她，那可倒正合他的心思。真的，他有时也瞎猜想：她最近是不是觉察到了他内心的这些秘密呢？她可是个机灵人！他感到她后来看他的时候，那双漂亮的眼睛里似乎多了一种什么意思。什么意思呢？他也说不清楚。不过，他又想，这也许是他自己的一种错觉！因为他觉得，她看他的时候和过去一样是同志式的坦诚，并不见得就有其他什么"意思"。是他自己有"意思"了！

他实在按捺不住要向她表示自己爱情的冲动了。他想：只要他向她表示了，哪怕她在一秒钟之内就拒绝了他！这样也好，他的灵魂也许会安静下来，和以往一样，正常吃饭，正常睡觉，正常劳动，正常生活——而这也是一种幸福。

他的这种痴情，苏莹是否觉察，他不得而知，但显然被组长江风看出来了。杨启迪从他的那种怪模怪样的微笑中看出了这一点。其实，江风绝非现在，而是很早就这样看他和苏莹的关系了——尽管他没有用语言表达出来。在他还没有对苏莹产生这种感情的时候，他根本不把江风的这种微笑当一回事。就是现在，江组长的这种态度，也只能使他和苏莹更亲密一些。

几年中，省文卫系统下到黄土高原这个偏远山村的知识青年小组，有当兵走的，有招工走的，有被推荐上大学的，现在只留下了他们四个人。组长江风没走，是因为他是地区知青"先进典型"，最近又"纳"

了"新",政治上实在是炙手可热,所以一再发誓在农村"扎根一辈子",还动不动引申说:"毛主席当年就是在农村把革命闹成功的。"另外一个男生马平留着没走,是因为个人的原因——中学时因偷盗被劳教过,谁家也不敢要。而苏莹走不了是因为家庭的原因——父母亲是"走资派"。至于他,则是为了别人的原因——几次都轮上他走了,他又把机会让给了比他更有难处的同学。此外,他自己对农村的感情要比其他同学深厚——他从小就跟外祖父外祖母在乡下生活,直到上高中那年两位老人家先后病殁了,他才来到省城当印刷工人的父母亲身边,因此他习惯而且也喜欢农村生活。虽然他也想回城市去找一个他更愿意干的工作,但在农村多呆一年两年也并不就像有些人那样苦恼。拿马平的话说,他基本上是个"土包子"。他承认这一点。要不,他这么大个人了,怎还不敢向一个他所喜欢的女孩子表示自己的爱情呢?

留下的他们四个人,经常发生各种各样的磨擦,有政治上的,有学术上的,也有生活上的。苏莹在大队的菜园种菜,他在一队当饲养员。马平声称"腰上有毛病",一年四季不上山,只给四个人做做饭,挣个半劳力工分。至于江风,一年中几乎有四分之三的时间在外面开各种各样的会议。

这天,江风从地区开会回来,吃饭时给三个组员布置:一人写一篇"欢呼镇压天安门广场反革命事件"的文章,说要贴在公路边的黑板报上。他说事件已经过了几个月了,他们知青小组还没对这件事公开表态呢。他检查说他的"路线觉悟低";虽然他个人认识是明确的,但没发动组里的另外三个人做一些工作,现在要"补课"。

在困难的时候,人们心灵是那样高尚美好。

《一生中最高兴的一天》

路遥

"我不写。"苏莹第一个说。

"为什么?"江风问。

"原因你都知道。"她回答。

"我看你不要自己给自己记这号政治账吧!"江风很不高兴。接着,他转过头说:"启迪,你不是爱写诗?你就给咱来一首诗!"

苏莹瞥了他一眼。其实用不着瞥这一眼,他早就准备好了对答的话。他说:

"我还能写诗?我能写诗的话,早把诗贴到天安门广场了!你瞪什么眼?你把我镇压了!"

"吃饭!"马平向来对这种政治上的争吵不感兴趣,铁勺在锅沿上一磕,喊叫道。

"你也得写!"有些愤慨的江风转而对马平说。

"我写?我写。你拿张报纸来,我给你抄几段子。"马平漫不经心地回答。

四个人谁也不说什么了,各吃各的饭。他们就是这样,说吵就吵,说停就停。因为争吵的双方都知道:就是吵上三天三夜,谁也不会说服谁的。

二

午饭后,江风硬把马平拉上到小学校写"专栏文章"去了。

小院很静。杨启迪独自在院角的那棵老槐树下转圈圈。阳光灼热极了，一川道的白杨树上，知了争先恐后地聒噪着，弄得他心里十分烦乱。其实，也不是知了弄得他心烦乱。

他转了一阵圈圈，站下朝边上那间屋子看了一眼，然后便走了过去。他走着，脚步迟疑地抬起又不放心地落下，像是地上埋着什么危险的东西。

他终于站在苏莹的门前了。右手举起来，在空中足足停了一分钟，才落在门板上。他立即听见自己心的跳声比敲门声还大。

没人应声。可是，门却开了。

奇怪！屋里空无一人。他吃了一惊。门是他推开的吗？他记得他没有推门，那么门是谁开的呢？他的眼睛迅速地又在屋里依次看过去：桌子，板凳，床铺，炉灶……就是没人！啊，这是怎回事呢？他明明看见她进了屋再没出来过……

由于没看见她，他的心跳恢复了正常的频率。可是，猛然间又狂跳起来——因为这时候，在那扇打开的门后边，突然探出了那张他所渴望看见的亲切的美丽的脸庞。这脸庞湿漉漉地沾着一些水珠，微笑着，有点调皮地对着他，眼睛似乎在说：你这傻瓜！如果没人，门会自己开吗？

她的突然出现，如同一道强光，刺得他眼花缭乱。他恍惚得根本没看清她的脸，只朦胧地看见一些晶莹的水珠在眼前滚动，脑子里意识到她大概是在门后边洗脸。

他不知道自己是怎么走进屋子里去的，只感到走的姿势很不平衡，甚至右腿都有点瘸。

"你坐。"她一边背对着他搭毛巾,一边说。

"嗯。"

"喝水不?"她转过身看着他问。

"嗯。"

"你看你!到底喝不喝嘛!"

"啊?嗯……喝哩。不渴!"

他坐在了桌前的凳子上。虽然没看她的脸,但感觉到她一直在笑。

他更慌了,两只手不知所措地放在膝盖上慌乱地搓着;不断地挪动身子,不知怎样坐才恰当。

一只冒汽的水杯送到了他面前。他看了看,抿了一小口:是加了白糖的,很甜。水杯太烤人了!简直像火炉子一样,烤得他脸上热烘烘的。接着,全身也开始热烘烘的了,甚至两只脚片子都烫得发胀。

他赶忙站起来了。站起来又不知该做什么。他来是想和她说话的——也就是来谈恋爱的!可是他不知该怎样说,说什么。呀!首先第一句话就不知说什么嘛!

他感到她也似乎在等待他说什么,所以也不开口,抿嘴笑着,随手从床边拉起一团毛线缠起来。

他站在那里,不知是该走还是该留。窘迫中,他赶忙去看墙上的世界地图。一个国家一个国家往下看。心慌意乱地从亚洲看到非洲,又从非洲看到欧洲,再从欧洲看到南北美洲。

五分钟过去了,七个洲一百多个国家都看完了,可是头一句要说

83

的话还没有想出来!他于是又从亚洲的国家看起来:中国,缅甸,尼泊尔,印度,巴基斯坦……

当他从陆地上看到海洋里的印度尼西亚的时候,他终于想起了一句开头的话。

他嘴唇颤了几下,说:

"……小苏,这印度尼西亚的岛屿就是多!怪不得人称千岛之国哩……"

"什么?"对方显然没听清楚。

"千岛之……国嘛!"

"哎呀,什么前倒置后倒置的,我听不清楚你说些什么!"

的确,他也知道她没听清楚。因为他没说清楚——鬼才知道他的舌头在嘴里胡搅了些什么!

他转身俯伏在桌子上,拿起蘸水笔在一张白纸上写这几个字。她放下线团过来站在他身边,看他写。他立刻慌了,笔在手里蛮抖,写完四个字后在纸上滴下一溜墨水点子,倒真像是图文并茂的"千岛之国"了!

她看他写完后,笑得前俯后仰。她从他手里拿过蘸水笔,在那个"岛"字的下面画了几下。

他赶忙低头去看她画什么。不看不要紧,一看吓一跳:原来,他在慌乱中竟然把"岛"字写成了"鸟"字!

一股热血轰地冲上了脑袋!他很快把右手托在桌子上,好让失去平衡的身体不要倾斜下去,嘴里莫名其妙地说:

"……咱们的猪还没喂哩!"

在她对这句话还没反应过来之前,他又赶忙补充说:

"我得去喂猪呀!"

他像逃避什么灾祸似的拔腿就走。

"等一等!"

他的衣角被扯住了。他转过身来,看见她从桌子的抽屉里拿出两颗西红柿来,递到了他面前,并且听见她说:

"菜园今儿个第一次卖西红柿,我买了几斤。新品种。你尝尝,看甜不甜?"

他两只手笨拙地接过两颗熟透的西红柿,便飞一般地冲出了屋子。

他没有去喂猪——让它暂且饿一会吧,他现在顾不得去喂它了。

他出了院门,下了公路,蹚过小河,一口气爬上了村对面的山头。

他大汗淋漓地坐在了山顶一棵老杜梨树下,把上衣脱下来丢在一边,一手拿着一颗西红柿,偏过来正过去地看着;用鼻子闻闻;在脸蛋上亲昵地擦擦。接着,不知为什么他突然又蹦跳起来,光膀子举着两颗西红柿,绕着杜梨树热情奔放地跳将起来(很难说是舞蹈),直到一根裸露的树根绊了他一跤,才制止了这种疯狂行动。

他嘿嘿笑着从地上爬起来,自己也为自己的行为害羞了,脸通红,赶忙朝四下里看看有没有人。没人!正是午饭时光,山上劳动的人都回家吃饭去了。

他很不好意思地摇摇头,重新坐在老杜梨树下,眯起眼,出神地望着三伏天绿色浓重的高原,望着蓝天上浮动的白云。啊,世界多好!

他揩掉沾在西红柿上的土,想起了苏莹刚才对他说的话。他小心翼翼地在这两颗西红柿上各咬了一小块,嚼着,品味着,嘴里嘟嘟囔囔回答山下那屋子里的她,说:

"真甜啊……"

三

尽管杨启迪一次又一次地鼓足了勇气,要把自己热烈的爱情倾吐给苏莹,但直到现在还没有能够明白地对她说出关于他爱她的一言半语。

可是,尽管他现在还没有能够明白地获得她的爱情,但那两颗西红柿的甜味却已经永久地留在了他的心里。他长这么大,不少次吃过西红柿,好像这一次才知道:西红柿原来是这么样的好吃呀!

他只吃掉了这两颗西红柿的皮儿,而把瓤子留了下来,在小河里淘洗出籽儿,晾干,用洁白的纸包好,放在自己的箱子里。他爱诗,忍不住诗兴大发地想:如果有一天,爱情的种子终于能够播进他的心田,他就要把这两颗西红柿的籽种播进亲爱祖国的土地上——生息在她怀抱里的儿女们所收获的一切幸福之果,都是靠了她那丰腴的胸脯养育啊!

纯洁的爱情会把人的心灵陶冶得更美好;使他更热爱生活,更热爱劳动。杨启迪对自己要求更严了。他觉得这种严格要求是苏莹向自己提出的。

他是生产队的饲养员。每天早晨，当社员们和同学们还在睡觉的时候，他就摸着黑上山给牲口割草去了。在社员们清早刚出工的时候，他的青草就割回来了。看他背着多大一捆草呀！从后面看，只能看见一堆草下面的两条腿迈着细碎的步子！

他在路上的第一次（也是最后一次）休息，总是在村头的菜园边上——因为她在这里劳动。

每天早上，当他把那小山一样的草捆从山上背下来，搁在菜园边那块大青石上的时候，她也正好肩着锄头上工来了。她乌黑的剪发头上包着雪白的毛巾，一身洗灰的蓝制服，膝盖上打着补丁。很白很细的脸庞被烈日烤晒得有点发红，像秋天的苹果经了第一次霜。一双眼睛总是像清晨草叶上的露珠儿一般晶莹闪亮。在大自然中，她就像一棵玉兰，纯洁美丽而又质朴端庄。

她来到他面前，看见他满脸黑汗，就把自己包头的白毛巾摸下来递给他。

他嘿嘿地傻笑着，说："我有。"便掏出自己的那块肮脏的小手帕。

她笑着喊："呀！你那点手帕叫汗水能冲到小河里去！给！"毛巾扔到了他的头上。

他踌躇地拿这雪白的毛巾去擦自己黑汗滚淌的脸。一股芬芳的香皂味直冲鼻子。不知为什么，他觉得西红柿好像就是这种味道。其实，他也知道西红柿根本不是这种味道！

他擦完汗，看看被汗水弄脏了的毛巾，很不好意思还给她。

她从他手里夺了过来，往锄把上一缠，说：

87

"你看你！又是这样！毛巾拿到地里就是为了揩汗的，又不是给土地爷供奉的！脏了我不会洗？"

说完这些话后，她就照例从另外一块手帕里拿出一些吃的来——有时是白馍，有时是玉米团子——递给他，略带责备地说：

"你也不吃一口东西，就上山去了。你呀……"她莞尔一笑，迈着轻盈的步子拐进了菜园。

他看着她的背影没入黄瓜架后面的时候，才开始吃干粮。他吃完干粮，背起那小山一样的青草捆子，撒开腿向饲养室跑去。

这时候，村子里照例升起了一缕缕蓝色的炊烟；密集的枣林深处也开始飘散出饭菜的香味。川道上的玉米地里，晃动着一排排包白头巾的脑袋。刚锄过的玉米苗儿，更绿，更水灵了。谁在垴畔山上翻麦地，一口好嗓音吆喝着牛，并且又唱起那令人心跳弹的信天游："蓝格瓦瓦天上云追云，什么人留下个人想人……"

他在这劳动的交响乐里，一路上踏着轻快的步子，背着草进了饲养室的院子。接着他一手垫，一手铡，很快就把一捆子草铡碎；拿木杈把铡碎的草挑进草房里。然后，就把没出山的牲口牵到外边来，给它们刷洗身上的污垢。那个细心劲儿不亚于母亲给女儿梳头。

做完饲养室里这个时候该做的一切之后，他又提起镰刀，绳索往肩胛上一搭，急急忙忙上山去弄另一回草——割紫苜蓿。这回他跑得更欢了，因为无论如何要赶午饭前回来——等中午出山的牲口一回来，就是饲养室一天中最紧张繁忙的时候了。

他的生活过得越来越紧张了。白天拼命干活，晚上又要拼命看书。

读政治经济学，演算高等数学。除过自修英语，又加了一门日语。

对于他的这种劲头，江风和马平是越来越反感了。有一次吃午饭，二流子马平竟攻击他鬼迷心窍——怕是想入党做官来着，逗得江风仰头大笑。

他气得真想过去把马平这个无赖狠揍一顿。这时候，正吃饭的苏莹却用筷子头指住马平，用开玩笑的口气说："马平，你这话恐怕不符合'无产阶级革命路线'吧？现在还轮上这种'只拉车不看路'的人入党做官吗？得先看路线哩，车拉不拉倒不要紧！如果路看错了，不是把车也拉着送给资本主义了吗？……"

马平嘻嘻笑了两声，没把这番话当一回事。江风的脸却像讫针条刷了一般，红一块，白一块，端着饭碗出了灶房门——正是这位"当代英雄"攻击杨启迪是"只拉车不看路"的人哩。

她为他出了一口恶气！

去感激她吗？没必要。杨启迪知道她不需要他的感激。即使江风和马平这样攻击一个她素不相识的人，她也会同样回敬他们的。

每当这种时候，他对她的爱情就被一种深深的尊敬所替代。这反倒使他更没勇气向她吐露心曲了。他怕这会成为一种粗俗——如果真是这样，就会伤害了他心灵中所塑造的那座美丽的雕像；同时也会毁掉安放这雕像的他自己的心灵。

这样想的时候，他自己就在心中渐渐平息了要急于向她表示爱情的强烈冲动，而把这热烈的冲动变成了一种深沉的感情。他的这种内心经历的过程像造山时期的地球一样，喷发出无数炽热的岩浆，最后

89

激烈的喷发停止，出现了肃穆的高山和庄严的大海。他甚至觉得，这种说不出来或者不说出来的爱，要比那说出来的更美好！

四

这一天，苏莹去城里给蔬菜公司交菜，带回来了一位陌生的男青年。她给大家介绍说他是她父亲朋友的儿子，他们小学里的同学，现在山西农村里插队，因办点公事路过这里，她父亲托他顺道来看看她。

来客身材颀长又不失健壮；风度洒脱大方，而又很有内涵。初来乍到，第一眼给人的印象蛮好。

客人来的当天上午，苏莹叫杨启迪帮她在她旁边的一个空屋里搭了一个床铺。她解释说她的同学神经衰弱，和别人一块住，晚上睡不着。

杨启迪在帮她搭床的时候，自己也不知为什么冒出这样一句话："他明天就走吗？"

她抬起头很奇怪地看了他一眼，随后又笑了，说：

"不，要住一段时间。他说他对这里的风土人情很感兴趣，想好好体味体味。"

"他叫什么名字？"

"噢，我倒忘记给你说了，叫……张民。"不知为什么，她脸一下子红了。

就是这个张民的到来，猛然间把一切都改变了。过了不久，他就看出来，她和这个人的关系似乎要比一般的同学关系深。他们在一起既亲密又随便，简直如兄似妹！两个人长得都很漂亮。在他看来，这漂亮的特点都有些相近呢！他们的关系太不一般了，也许其他人看不出这一点，他看得出来！热恋的年轻人哪个不神经敏感？

他有时细细观察，觉得他们之间的关系亲密是亲密，但似乎又有点微妙：既不像是同学关系，也很难确定就一定是爱情关系了。不是爱情关系？但愿不是！是同学关系？可的确又比同学关系深！是亲戚？是表兄妹？扯淡！这是自己在无聊地安慰自己！人往往希望于自己不利的事实不存在，而最终发现不存在的往往是自己的希望！

他胡思乱想。他大伤脑筋……

新来的客人晚上睡得很迟，有时灯一直亮到天明。很奇怪，不知他是睡觉忘了关灯呢，还是在干其他什么事。

他看见苏莹对她的"同学"（他已在心里给这两个字打了引号）关怀备至，每天早上都在煤油炉上煎两个鸡蛋，端进那个神秘的小屋。白天，她有时带他到菜园里去帮着干活。有时他也自己扛着镢头和社员一起上山去劳动，和羊倌一起出山放羊；并且，头上还扎起了白毛巾，把自己打扮得和本地的庄稼人一样！

这一天中午，闷热得要命。杨启迪和往常一样去村后一个小河槽洗澡——这地方有个齐胸深的小水潭，四周崖岩很高，可以避人，村里的人夏天都爱在这儿洗澡。

他老远看见前面一棵大柳树下坐着张民，像是在看书；走近时，他才听见他是读英文版的安徒生的童话《丑小鸭》。朗读很流利，比他的水平高。如果他不抬头，他就不想和他打招呼。他和他很自然地有了别扭。

他却抬头了，并且笑着说：

"很对不起，小苏在下边洗澡，她让我在这儿堵堵人。您先在这儿坐一会，她大概很快就完了……"

啊！他们的关系已经到这种程度了！他感到头顶的太阳已经从天上掉下来，落在了他头上，脑袋都快要热爆了。

他只说了一句"我晚上再洗"，就转过身匆匆往回走。

他没有回宿舍。他下了公路，蹚过小河，爬上了村对面的山头，又来到了那棵老杜梨树下。他坐下来；接着，又站起。手使劲地抠着树皮，失神地望着远方起伏的山峦。烈日暴晒下的高原，火辣辣的，静悄悄的。热气从大地上蒸腾起来，在阳光下闪烁着变幻莫测的色彩。一种空旷和寂寞的感觉控制了他。他扭头朝村里望去，村庄沉浸在午睡之中。村道上跑过谁家的光屁股小孩，扬起了一溜白烟。他突然看见，苏莹和张民肩并肩从村后的小河边往回走着。她好像在梳头，和身边走着的张民说着什么。

他的两条腿像谁用棍子猛击了一下，感到绵软。他顺着树干坐在了地上，双手捂住脸，指缝里淌出了几颗热辣辣的泪珠……

杨启迪一颗为爱情所燃烧的热腾腾的心，凉了。他断定她的爱是属于这个新来的客人的。他太幼稚了。他现在才冷静地认识到，他那前一段爱情的狂热仅仅是单方面的。他忘了一个起码的常识：爱是两个人的事！

他继而想到，他和张民的风度、气质都不能相比——他是"土包子"，而张民和苏莹一样，是"大城市型"的。他以前缺乏自知之明，竟然没有认真考虑这些差别。而他和苏莹的差别仅仅只是这些吗？她父母都是省厅局级干部，而他的父母却是普通的工人。虽然她父母亲现在"倒了霉"，被当做"走资派"打倒了，但他通过她深深了解她的父母亲，他们都是廉洁奉公的好干部，是打不倒的，他们是好人！但不是"好干部"就一定能和"好工人"的家庭结亲嘛！爱情可以说比政治更复杂！他悔恨自己以前没朝这方面多想，而没头没脑地爱别人，结果自己给自己制造了这个悲剧。

爱得很深，失去爱后的痛苦也就很深。他的日常生活尽管表面上还和以往一样，但所有的节拍都不谐调了。他割草割破了手指头；读外语时，有时会凝固在一个句子上，怎么也读不到下文去。他捶打自己的脑袋，抱怨自己太没出息了！

使他更为苦恼的是，苏莹对他的态度似乎并没有什么改变，还和以往一样令人温暖地对他微笑，帮他喂猪，甚至把他放在枕边的破衣服拿去缝好，又叠得整整齐齐放在原来的地方。

但他不能承受她的这一切了。他有自尊心。并且，从道德的角度去考虑，他不能为了自己的幸福而去干扰和破坏别人的幸福！

他开始有意回避她。偶尔不得已见了面，也只是平常地打个招呼。他看到她对他的这种态度是多么地惊讶。而他又对她的惊讶感到惊讶：天啊，你惊讶什么呢？

早晨割草回来，他不再在菜园边休息了，并且尽量使自己的眼睛不朝菜园里看。他一歇也不歇把草背回饲养室，然后自己回去拿干粮吃。有时，他也忘记了回去吃干粮，就又空着肚子上山去割第二回草。

这天，他一个人正在饲养室铡草，突然看见她从院子的豁口里进来了。他赶忙把脸扭到一边去，假装没看见，继续低头铡他的草。

包着干粮的花手帕伸到他面前来了。他不得不停住手，但没看她，说：

"我……吃过了。"

"你为什么这样呢！"她的声音有些沙哑，拿干粮的手也有点抖颤。

他抬起头来，猛地惊呆了：他看见她的脸抽搐着，眼睛里流转着晶莹的泪点！

她把干粮放在他旁边的石床上，扭转身很快地走了。

他呆呆地立了好一会，才打开石床上的花手帕。里边有三张白面烙饼（看来不是出自马平的手），两个煮熟的鸡蛋；一张白纸里包一撮细白的盐——这是就鸡蛋吃的。

他面对着这些东西，鼻根一酸：就是他不能从她那里获得爱情，可她也是一个多么好的同志啊！他怪自己这一段对她太冷淡了！他在心里对她说：他目前也许只能这样对待她了；也许过上一段时间，等他的心情完全平静，他就会和她恢复正常的同志关系的。

中午，他想把手帕还给她。走到她门前时，听见屋里她正和张民说话，他就又打消了进她屋子的想法，把手帕搭在了她门前的铁丝上。

他正准备走开，张民从屋子里出来倒洗脸水，很亲热地问他：

"吃饭了没？"

"吃了。"他回答，并转脸看了看他。一张热情洋溢的漂亮的脸；刚洗过的头发，在中午的阳光下乌黑发亮。他手提着脸盆，似乎还想和他说点什么。为了礼貌的原因，他觉得自己也应该再说点什么，比如问"你吃了没有"之类。但不知为什么身子却背转了，腿也开始往回迈动了——他感到这阵儿是身体在指挥思想！

他回去躺在床铺上，久久合不住眼。他不想思考张民，却偏偏要思考这个人。他虽和这个给他带来巨大痛苦的人没有直接说过什么话，但他的直觉告诉他，他比自己各方面都强！他杨启迪是一个理智健全的人，他不能因为他给他带来痛苦就不能以正常人的眼光来认识他。他感到他有各方面的修养，某种程度上很像苏莹，甚至比苏莹还老练成熟。他是个典型的知识分子，但质朴，没什么架子，很容易和普通人打成一片。他来这里时间并不长，就和全村的大人娃娃都熟悉了，老乡都管他叫"老张"。而自己比他也差不了几岁，可杨字前边还冠个"小"字！

他忽然很想知道，这个神秘的客人的政治倾向究竟怎样？他对当前社会发生的种种事情又是什么态度？自从一月八日敬爱的周总理逝世，四月五号天安门广场事件发生，祖国面临着一个多么严重的时刻呀！虽然人民好像暂时沉默了，但地火正在地下运行！可以毫不夸张地说，中国现在正处在两种命运决战的前夕！到处都有激烈的交战——就在他们这个小小的集体里，也是这样。而张民属于哪个阵营？在这些年月里，这一点比任何事情都重要。

五

这一天下午，灶房里只留下了张民、江风和他一块吃晚饭。

江风一边往嘴里扒饭，一边非常亲热、非常兴奋地对张民嚷嚷：

"哈，我今天又重学了《论对资产阶级的全面专政》这篇文章，实在深刻！那严密的逻辑，好比无缝钢管。有人想鸡蛋里挑骨头，我看白搭！"

这位"当代英雄"只冲着张民发宏论，不屑看他一眼。心比警犬还机灵的江风，早就嗅出了他深深地爱着苏莹的心思，现在正是利用张民来奚落他的机会哩。

谁知张民听他说完，咽了一口饭，略微思索了一下，说：

"不过，我觉得，马克思和列宁也从来没有认为自己的理论就都是无缝钢管……"

接着，张民非常熟悉地引证出列宁对有关的这些问题的大量论断，又把张春桥文章中对这些问题的观点抽出来进行了对比。虽然他没对张春桥的文章直接发表看法，结果这一对比，倒好像张春桥的文章是专门批判列宁的。

在江风和张民说话的时候，他虽不看这两个讨论问题的人，但耳朵一直在认真地听着。他在心里赞叹和佩服张民竟如此博学地把江风所说的"无缝钢管"弄成了一个到处是窟窿眼的"草筛子"！如果眼下这些话是苏莹对江风说的,他杨启迪就不光会在心里暗暗高兴,而肯定会高兴得笑出声来!

他忍不住瞥了江风一眼,看见他瘦长的脸阴沉了。

他刚要把目光从那张脸上移开的时候,只见江风又笑了。这次是冲他来的:

"启迪是我们组的政治经济学专家。小杨,你同意张民同志的这种观点吗?"

这个卑鄙的东西!这哪里是在讨论问题?他现在是准备挑起一场他和张民的心灵的决斗!而对一个嗜血的人来说,这种决斗远比肉体的决斗更血腥!

他明白江风此刻的意思——那意思是说:平时的话,你杨启迪大概比张民的观点还要右!可是今天不见得吧?他夺走了你的爱情,你现在不借题发泄一点什么吗?

江风看来断定他会进攻张民的,而且会恶毒进攻的。但他错了。一个正直的人是不会为了自己的恩怨而去诽谤真理的。他还没有低下到这种程度。而在眼下这年月里,对一个正直的人来说,还不仅仅止于这些——在一小撮民族败类践踏这个国家的时候,他应该有一种比个人的爱更深更高的爱——这就是对祖国的爱。在这一点上,他和张民又有了共同的爱,正如他们共同爱苏莹。那一种共同的爱给他带来了痛苦,而这一种共同的爱却给他带来了欣慰。

他瞅了一眼正在洗碗的张民。从背后看,那副宽肩膀真像他早年病死的哥哥。他继而想到他和他大哥小时候为吃一块糖而争执的情景。

他很奇怪此时他怎会记起这些已故的人和事。

他扭头看看江风,他还微笑着看他,等着他张开嘴巴来,射出语言的毒弹,去击倒那个正在洗碗的人。

他的子弹射出来了,没飞向张民,直向江风本人射去:

"我不是什么政治经济学专家,但张春桥的文章还是能读懂的。是的,有些人的理论是比列宁'高明',一个在天上,一个在地下,但这'高明'说不定哪一天会从天上掉下来,掉到世界上你所知道的地方!"

"你这是拿鲁迅骂国民党的话骂人!"江风尖锐地喊。

他没理他,把碗底上的一点残汤从门里泼出去,自己随后也出了门。至于张民用怎样惊喜的眼光看他,而江风的脸又如何灰丧,他都没看见。

他把饭碗放在宿舍里,不知为什么,情绪非常激动。看来傍晚书是读不进去了。他想破例在饭后散散步去。

他出了院门,下了公路,蹚过小河,爬上了村对面的山坡。

他没有到山顶的老杜梨树下去。他在半山坡上的一块草地上坐下来。青草的甜味和野花的芳香混合在一起扑鼻而来,令人陶醉。他折了一枝草茎噙在嘴角里,仰靠在草坡上,望着近处的村庄和远处的山峰。

太阳在西边那一列大山中沉落了,红艳艳的晚霞顿时布满了天空。很快,满天飞霞又都消失了。大地渐渐由透明的橘黄变成了一片混浊的暗灰。

暮色苍茫中,归宿的羊群和蹦着欢迎它们的吃奶羔子,热烈而亲切地呼应着。同时,孩子们也在村道上迎接收工回来的父母亲。人和牲畜用不同的语言抒发着团聚的喜悦。村子里弥漫着一种亲切愉快而又十分和谐的气氛。

他出神地看着这一切。身体躺在柔软的草地上,十分舒服,舒服得令人觉得自己的身体已经不存在,和整个大地融化在一起了。

凉爽的晚风吹散了村子上空浮动的炊烟。枣林墨绿的浓荫中,高低错落地闪烁起星星点点的灯火。母亲们开始拖音拉调地呼叫爱串门子的娃娃回家睡觉。一阵骚动后,村子里静了下来。谁家的狗百无聊赖地叫了几声。接着,又有一只糊涂的公鸡乱啼一阵。枣林深处闪烁的灯火渐渐地都熄灭了。村庄沉浸在一种神秘的静谧之中。同时,小河的喧哗声高涨了。

月亮升起来,在几片白云中飞快穿过——其实是云彩在飞。奶白色的月光,照出了庄稼和树木的浓绿,照出了新翻过的麦田的米黄颜色。高山峻岭肃立着,像是一些弯腰弓背的老人思索着什么……

一种对祖国大地以及和这大地息息相连的劳动和生活的爱,由这爱而激起的汹涌澎湃的热情,在杨启迪的胸膛里鼓荡起来。他想起很多古人和现代的人,想起无数没有在大地上留下姓名的战士,把自己的头颅和一腔血献给了这块土地。他们之中有的只在这个世界上存在过十几个年头,没穿过一件好衣服,没吃过一顿好饭,没有过甜蜜的两性生活,而把所有的爱情都献给了祖国。而他,不知疲倦地劳动,演习高等数学,学外语……所有这一切,不也都是要献给祖国的吗?

他从小就立下那么坚定的志愿，要为祖国献出自己的一切，无愧地活着，在生活的道路上踩下自己坚实的脚印。可是现在，他怎能为了得不到一个人的爱而消沉下去呢？有什么可苦恼的？为什么一定要苏莹做自己的爱人？原来纯洁的同志关系不也很好吗！没有任何理由去妒忌张民。妒忌这种玩艺儿是最卑鄙的。振作起来吧，重新热烈地投入到生活中去吧，赶快把自己的失魂荡魄招回到自己的身体里来！

他的思绪像长河一样奔流。尽管思索的问题并不都很连贯，但结论很明确地得出来了。

他轻快地从草地上跳起来，伸了伸胳膊腿，嘴里哼起了"文化大革命"前他所喜爱的曲调"蓝蓝的天上白云飘"，一路小跑着下了山坡，过了河，上了公路。

他没有回宿舍去。他失眠了。他穿过寂静的村巷，来到饲养室。

槽头上一排牲口纷纷扬起头，发出各种亲昵的咴叫声热烈地欢迎他的到来。

他拿起草筛子，很快给它们添了一遍夜草。他又搂住那个调皮的小驴驹，用自己热烫烫的脸颊亲昵地摩擦它的毛茸茸的小脑袋；然后便拿起镰刀和绳索，扯开大步，踏着银灿灿的月光，向对面山坡上的苜蓿地走去。

他一上草地畔，就把上衣脱下来扔到一边，猫下腰，飞快地割起来。

月亮升高了。全村的公鸡亮开嗓门，激昂地开始了第一轮大合唱……

六

　　头天晚上很折腾了一些时候的他，现在呼呼地入睡了。多少日子来，他还没有睡过这样的午觉。

　　他不久就做起了噩梦，梦见他在打仗，炸弹爆炸，子弹呼啸，天崩地裂……

　　他惊醒了，猛地坐起来。窗户纸黑乎乎的，外面正在下着大暴雨。

　　他跳下床，打开门。风声，雨声，雷声，山洪声，立即灌进屋子来，震得他耳朵发麻。雨帘遮住了视线，大地上的一切都消失了。

　　他很快想起了他的那些牲口。这样大的暴雨，饲养室的顶棚会不会漏水？

　　他从墙上揭下一顶草帽扣在头上，冲出了门；刚出门，又把草帽扔回了屋子（啥事也不顶）。

　　他撒开腿，闭着眼睛，在走熟了的山路上跳跳蹦蹦地跑着。小路旁边通向菜园的水渠里，灌满了山上流下来的洪水，正滔滔地奔涌着。他正跑着，突然听见旁边地上有人叫他的名字。他吓了一大跳，赶忙弯下腰看，原来是苏莹——她正坐在水渠里，用自己的身体把水渠里的洪水遮挡到崖坎下去。水流冲击着她。她两只手揪着渠沿上的草丛。她喊："快到崖下把我的铁锨拿上来！真该死！我的铁锨掉下去了！"

　　他不管崖高低，一纵身跳下去。真险，脚片子离锨刃只差几寸远！他吐了一下舌头，赶忙把锨抓起，从前崖畔上爬上水渠，飞一般在渠岸上豁开一道口子，喊："你起来吧！"

她跟着水过来了，浑身上下全成了泥的，泥脸上一双黑眼睛汪着泪水，说：

"我来迟了！几畦子包心菜全完了，全叫黄汤灌了……你是去看饲养室的吧？你……快去吧！"

"你……回去换身干衣服。小心着凉！"他听见自己的声调有点哽。他很快转身向饲养室奔去。

他心急火燎地冲进饲养室的院子。他从石槽上翻进了棚圈，抹了一把脸，仰头看顶棚。糟糕！棚角漏水了！

他赶忙从牛马中挤出来，从顶棚角的一棵老椿树爬上了棚顶。密集的雨点在棚顶的青石板上溅起了一片白茫茫的水雾。

他找到了漏水的窟窿眼，可是愣住了：拿什么堵塞呢？他上来得太匆忙了，什么东西都没带！焦急慌忙中，他把自己的上衣脱下来，揉成一团，塞在了窟窿眼上！

可是，窟窿眼还没塞住。不过，只差一点了。他又把长裤脱下来，塞了进去。仔细看看，这下塞好了。

暴雨来得猛，收煞得也快。大暴雨很快变成了稀疏的细雨。雷声滚到了远方的天边。只有村子下边河道里的山洪声怒吼着。他抬头望望，远山还在雨雾迷蒙之中，近山已经露出了面目：庄稼和树木青翠碧绿；米黄色土地变成了一片褐色。对面苜蓿地畔上塌了一批土，露出的干土，像黄布上的一块白疵点。

就在这时候,他听见从河道里传来了一片嘈杂的人声,夹着一些尖锐的惊叫声、呐喊声,叫人毛骨悚然。

出什么事了?

他赶忙把锹搁进草房,拔腿向河道里跑去。

他远远地看见河畔上站了许多人,都朝河对岸扬着手,呼喊着什么。河道里,山洪像一条咆哮的泥龙向下游奔窜而去,波浪像起伏的丘陵;间或,有一棵连根带梢的大树,在波山浪谷中时隐时现。

河对面的小山沟里,山洪也在飞卷着往外奔涌,在沟口的崖岔上腾起来,在空中划了一道弧线,注入到了大河的洪波巨浪中。

他来到河畔上,一切都明白了。

他看见,在对岸大河与小河的汇流处,有一块小小的三角洲,那上面站着几只羊和一个人。两道河的水都在上涨着,眼看就要吞没了他们。而在他们的上边,却是悬崖峭壁!他继而看见,在三角洲上边的悬崖上,有一个土台子,上面竟然挤了一群羊!他猜测是那牧羊人把羊一只一只扛上去的。

他的猜测没错!他看见那人又扛起了一只羊,往土台子上送。

河水在继续上涨着。远远看起来,那个小三角洲已经不存在了。

"别管羊了!别管羊了!"

"赶快往上走嘛!哎哟哟……"

人们在紧张地向对岸呼喊着。但那人继续在往上扛羊。

杨启迪和大家一样紧张地注视着这令人窒息的一幕,对那个把集体财产看得比自己命还要紧的人,从心里升起一股敬意。他是谁呢?

103

是高虎他爸？是海泉大伯？各生产队所有拦羊的人都是些老汉，而老汉哪有那么大的劲把一群羊一个个扛上那个土台子呢？

他打问周围的人，才知道：那是张民！

原来，张民好奇，想学拦羊，已经跟海泉大伯出了几次坡。今天是他央求让他一个人去试试的。

当他知道这是张民的时候，眼光赶忙在人群中搜寻起苏莹来了。

看见了！她正站在河边上，左手紧捏着，右手似乎是在掠那披散着的头发——实际上是把一绺头发抓在手中揪着。身子摇摇晃晃，稍微一斜，就要跌进河里。她旁边站着老支书。老汉下意识地两臂张开，像要去抱河对岸那个遇险的人。他身板僵硬，山羊胡子上挂着雨水珠！

江风突然来了，黄油布伞下的一张脸很着急的样子，说："到处找你们找不见！今儿个下雨不能出工，咱几个利用这时间，一块学习'七一'社论……"

"你看看河对面！"他很气愤地说。

江风没看，说："我知道。张民这小子逞能哩！叫他再能！"

"你说这话都不嫌害臊！"

他真想给那瘦长脸唾一口，突然听见苏莹"啊"地尖叫了一声，接着所有的人都惊叫起来。

他赶忙朝对岸望去。小三角洲消失了。羊在土台子上面咩咩地叫唤着，张民已经不见了。

他的脊背一阵冰凉。但很快又看见，落水的张民正抓着崖上的一棵小榆树，拼命往土台子上爬。眼看要上去了，又沉了下去；又上来了，接着又沉下去了……显然他已经精疲力竭，已经没力气攀上这个离水面只有几尺高的土塄坎了！

现在已经看不见他的身子了，只有那棵小榆树还在猛烈摇晃，告诉人们他的两只手还抓着它！河这岸的人有的惊叫着，有的无意识地在河岸上狂奔。苏莹脸色煞白，拼命地盯着对岸，表现出了撕心裂胆的痛苦！也许用不了几分钟，那双渴望生命的手就会连根拔出那棵小榆树的根，而被洪波巨浪卷走！

他看着这一切，一个念头在脑子里闪电一般划过。他飞快地向河上游奔跑而去。他全身的肌肉紧紧地收缩在了一起，飞奔着的两条腿像腾云驾雾一般轻盈。他一边奔跑，一边用手背揩着脸颊上的热泪。在这一刹那间，他感到一种无可名状的激动！

他在河上游的一个小湾里，毫不犹豫地投身于狂涛巨浪之中。

曾经在中学里得过两项游泳冠军的他，在这劈头盖脑的洪水中，觉得自己像狂风中的一片树叶一样失去了自控能力。

但他没有一下子被击碎，他喝了几口黄泥糊子。鼻根一阵辣疼，但神志还清醒着。他意识到他的状况后，产生了搏斗的力量。他摸了一把泥脸，发现自己已经到了中水线上。

他一下子被抛上了浪尖，又一下子跌到了深渊。在这一抛一掷的间隙中，他好像感觉到身体和水面有一个极短暂的脱离。就在这闪电般快的间隙中，他比这间隙更快地调整自己的身体，使他能够到达目的地。此刻，一切对过去的记忆都消失了，所有的思想都被抽象到了一个短句里：救活他！

真幸运！他现在已经到对面大小河交汇的旋水湾里了。这样就好了，他不会再被弄到中水线上去。

现在，他唯一的困难是跟着旋水擦过张民身边的时候，抓住个什么东西，使自己停下来，然后才能把他托到土台子上去。

三次都失败了。他已经疲乏到了极点。第四次旋过来时，他就着水势，猛然间抓住一块岩石角，停下了。喜悦使他的身子一阵颤栗，竟然把右腿弄得痉挛了。他拼命使自己镇定下来，用劲在水里蹬直腿，几乎把腿上的血管都绷断了！

好不容易才恢复了正常。于是他一手抓着岩角，一手扶住那个垂死的人，使出全身的力气往上推。他觉得嘴里有一股血腥的咸味——大概是牙齿把嘴唇咬破了。

就在昏昏沉沉的张民终于被他推上土台子的时候，他自己却像一摊稀泥一样扑通一声落入了水中！

他在水里挣扎着，昏昏沉沉，随波逐流。

一个偶然的机会，旋水又把他带到了刚才落水的地方。他伸出两只手，勉强抓住了张民刚才抓过的那棵小榆树。但他和张民刚才一样，已经无力攀上那个土塄坎了。他把活的希望带给了他，却把死亡的危险抓在了自己的手里！

小河里的水首先落下了。大河里的主流猛烈地冲进了旋水湾。水的冲击减弱了身体的力量，却又加重了身体的重量。小榆树的根终于被那渴望生命的手从泥土里拔了出来，接着，一个黄土丘似的浪头扑过来，人和树一起被那无情的洪水吞没了……

七

杨启迪没有死。他在洪水里漂荡了十几里路，在县城附近被捞河柴的社员搭救了。

他现在躺在县医院的病床上。

他没受什么伤。除感到身体有些虚弱外，并没有什么其他不好的感觉。

他仰靠在雪白的床铺上，像刚分娩过的产妇那般宁静。他感到自己很幸福——救活了一个人，自己也活着。

晨光染红了窗户纸。不久，一缕灿烂的阳光就从窗玻璃中射进来。他奋然地向空中伸开双臂，做了一个朗诵式的动作。真的，他真想作一首诗，赞美生命！

就在这时，房门开了，一缕阳光拥进来一个人。

啊，是苏莹！乌黑的剪发，白嫩的脸盘，一身洗得变灰了的蓝制服，肩胛上斜挂着那个用旧了的黄书包。他看见她的手无力地扶着门框，泪水在脸上刷刷地淌着。

"我什么事也没有！"他首先对她说。

"真……的？"她声音颤抖着问，向床边走来。

"张民怎样？"他问。

"不要紧。你受伤没有？"她的眼光急切地在他的脸上扫视着。

"没。你怎知道我在这里？"

她把挂包放在床边，继续看着他的脸，说：

"昨天晚上，我们顺水寻下来，直到天明，才问讯到你被救上来了。早上水还大，老支书和村里的人过不来，我一个人跑到水文站，央求人家把我从吊斗里送过来的……"

她说着，泪水又一次从眼睛里涌出来了。

他为了安慰她，笑着说："你看我不是很好吗？龙王爷硬请我到水晶宫去，去还是不去？左思右想终究撂不下咱的土山沟！"

他的话把她逗乐了。

他又笑着说："你刚进门时，我正准备做诗哩！多时没写诗，现在激情来了。"

他说到这里时，她突然"噢"了一声，急忙在黄挂包里翻搅起来。

她翻出了一个棕色布硬面的笔记本，对他说：

"这个送给你！本来昨天下午就要送你的，想不到发生了那么可怕的事！"

她把笔记本双手送到他面前。

他疑惑地看看她，接过了本子。

他翻开本子的硬皮，一行触目的大字跳进了眼帘：天安门广场诗抄。

他激动地翻着纸页。他曾看过几首传抄的天安门诗词，并且一个人在山沟里大声诵读过。想不到现在竟然得到这么厚厚的一本！

"我知道你一定喜欢的……"她望着兴奋的他,说。

他抬起头,激动地问:"哪来的?"

她诡秘地一笑,然后缓缓地叙说起始末来——

……清明节天安门事件的最后一个晚上,有一个青年从棍棒中逃出来。他在首都的一个研究所工作。在那如火如荼的几天里,他抄录下了大量的诗词。随后,他想把这些诗词刻在蜡版上,再偷偷地印出来。他怕万一这个本子被搜查去,他手里就再没有第二份了。但是,他们单位追查"反动诗词"追查得很紧,他不好进行他的工作。于是他给在外省的父母亲写信,让他们给他打电报说他们病重,要他回家。电报很快就打来了。他请假回到父母那里,但照样不好进行这桩工作——因为他父母是"走资派",家里被看管得很严。他于是就来到乡下他插队的妹妹那里,刻完了这些诗词……

他听她叙说完这些,身子剧烈地抖动着,问:"这个人现在在什么地方?"

她又诡秘地一笑,说:

"他昨天险些被水淹死,幸亏你冒生命危险救起了他!"

他吃惊地从床上跳起来,两只手发狂似的抓住了她的两条胳膊,但立刻又惊慌地放脱了。他喊着问:"这个人就是张民?张民是你哥?……"

她微笑着,点点头。

他眼睛直勾勾地望着她,感到心脏在一刹那间停止了跳动。喉咙里像拉风箱一样喘息着,脸色苍白得可怕。激动使他几乎休克。很久,他才喘过气来，无力地抬起头，问：

"那为什么，要隐瞒，你们的兄妹关系哩……"

她坐在了他的床边上，手轻轻地摩挲着雪白的床单，说：

"天安门事件后，我哥——噢，忘了告诉你了，他不叫张民，叫苏晶——写了一首赞颂天安门事件的诗，并且给我抄寄了一份。我喜欢极了，每天晚上都要看一遍。看完后就压在枕头底下。那天我准备拿给你看，可是突然不见了。我好急呀。上天入地地寻，怎么也寻不见。几天后我到城里给蔬菜公司交菜，碰见县知青办主任老刘。他悄悄告诉我，原来诗稿被江风偷去交给县知青办了。你看这个臭流氓，竟然翻我的床铺！他并且打听到诗歌作者苏晶就是我哥，一再叫县知青办查我和我哥的问题呢！老刘说他们把事情压了，叫我不要声张，并且要我以后多提防着点江风。我本来想把这事告诉你，怕你火爆性子再闹出什么事来，也就没给你说……你看江风这东西瞎不瞎！最近听说他那个'跟得紧'的老子把他推荐给一位省革委会的副主任当秘书！他老子本人也升成省革委会常委了。十年前，还只是省委组织部的一个干事哩！"

"卑鄙的东西！"他听她叙说着，拳头捣着床铺，愤怒地咒骂着。

苏莹的脸上又浮上了那惯有的微笑，望着他，说："为了防备江风，我和我哥就闹着玩儿演了这么一场戏！前一段晚上，我哥熬夜就是刻那些诗词呢。前天夜里刚刻完，他就把笔记本当作礼物送给了我。我想你喜欢写诗，就把这送你……"

"你们刻诗为什么瞒着我呢？张民，不，苏晶不了解我，难道你也不信任我吗?"他很不高兴地打断了她的话。

"不,"她解释说,"我哥一来,我就想告诉你,让你也帮着刻——你的字写得好;可我哥不让,他说怕以后出了事连累你……再说,自我哥来后,你……一直不理人……你说!你最近为啥对我……那样哩?……"她嗔怒地望了他一眼,脸通红。

他望着她,心中熄灭了多时的爱情之火,猛然间又熊熊地燃烧起来了。他嘴唇子颤抖着,不知该说什么,笨拙又重新统治了他。

她突然抬起头来,脸上挂着灿烂的笑容,问:"你真的……爱我吗?"

"什么?"

"你听清楚了……"

在他还没有反应过来的时候,她已经把自己的两只手默默地放在了他的手里。

他的两只手颤抖着,紧紧地握住了她的手,两串晶莹的泪珠在脸颊上欢快地流淌下来……

一九七九年四月至五月于西安

* 原载《延河》1979 年第 10 期。

卖猪

六婶子的命真苦。一辈子无儿无女不说,到老来,老头子偏得了心脏病,不能出山劳动挣工分了。队上虽说给了"五保"待遇,吃粮不用太发愁了,但油盐酱醋、针头线脑还得自己筹办。而钱又从哪来呢?

好在她还喂个猪娃娃。她娇贵这个小东西。那些生活中必不可少的开销,都指望着这只猪娃呢。这位无儿无女的老婆婆,对任何家畜都有一种温厚的爱。对这个小牲口就更不用说了。她不论刮风还是下雨,每天都和一群娃娃相跟着出山去寻猪草。她不像其他人家那样把寻回的猪草随便撂到猪圈里让猪吃,而是把那些蒲公英呀,苍耳呀,肥娃娃草呀,在小河里翻来覆去洗得干干净净,切碎,煮熟,恨不得再拌上点调料,才给猪喂哩。

盛夏,正是榆树、杏树叶子发茂的时候。这两种树叶子猪最爱吃。她上不去树,就央求左邻右舍的娃娃们帮忙。遇到娃娃不肯去的时候,她就把给病老头单另蒸下的白面馍拿一个，哄着让娃娃们给她采上一筐。为了她的猪娃娃能吃好一些，她宁可自己吃孬的。

可是这猪娃娃终究太小了，春节肯定喂不肥，卖也卖不了几个钱。

麦收以后，她那害心脏病的老头子挖药材卖了几个钱，就催促她把这猪娃卖了，把这钱再添上，买个大些的——这样赶过春节，就能出息一个像样的肥猪。

老头身子骨有病，但脑筋还灵醒。他谋算得对。六婶子尽管舍不得这个喂惯了的小东西，但最后还是听从了他的主张。

现在"公家"说学习"瞎儿套"（哈尔套）经验哩，把原来的一月九集改成一月三次的"社会主义大集"了。挨到七月初十，一打早，六婶子就给猪娃娃特意做了一盆子好食吃了，还用那把自己梳头的破木梳给猪娃通身梳洗了一遍，像对将要出嫁的女儿那般，又唠唠叨叨地说了许多话，才吆着猪上路。

她的猪乖顺着啦，不用拴绳，她走哪里，猪就跟到哪里。有时这小东西走快了，还站下等她哩。这个黑胖胖的小东西可亲着哪！它在她脚边跑前跑后，还不时用它那小脑袋磨蹭一下她的腿。

她一路上不断给它说话：

"小黑子呀！（她给它起的小名）你放心！我不会把你卖到远路上的。我就卖给咱庄周围圈，过上个一月两月，想你了，我就来看你呀。你甭怕，我要挑挑拣拣给你寻个厚道人家。他谁的眉骨眼凶煞，就是掏上十万八万我也不把你卖给他，你放你的心……"

她的"小黑子"听她唠叨完，瞪起两只圆圆的眼睛温顺地望了她一眼,撒娇似的哼哼了两声,卧在一棵小杨树下不走了。

"热了?你这个小二流子呀!热了的话,那咱就歇上它一歇!不忙喀!"六婶子说着也就坐在了小猪的旁边,用手在它滚圆的脊背上搔痒痒,又从提包里掏出一根小黄瓜,一掰两截,一截她自己吃,另一截塞在猪娃娃的嘴边。

就在这时,公路对面的玉米地里突然冒出来一口黑胖胖的大肥猪,哼哧哼哧地喘着气,一摇三摆走过来,在"小黑子"身上嗅了嗅,也卧下了。

多大一口肥猪呀!毛称足有二百多斤。老婆婆很奇怪,这前不着村后不着店的官路旁,哪来的这么个大肥猪呢?她朝公路的两头望望,看不见一个人。哪个粗心大意的人把猪丢在这里了呢?

当她细看这口大肥猪的时候,才发现猪背上剃去了一片毛,上面隐隐约约盖着个公章。啊,原来这是公家收购的猪呀!

她不知所措了。她想:而今公家的办事人也太马虎了,怎能把这么大个猪丢在这荒野地里呢?

她想了想,决定把这猪和她的"小黑子"一块吆到城里,然后再查问收猪的部门,把公家的猪送给公家。她做这事就像拾到邻家的东西送给邻家一样自然。

她正要赶着猪起身的时候,前面突然飞过来了一辆自行车,自行车在她面前猛地停住了,车上跳下来一个四十来岁的男人。这人穿一身干净的制服,头上却包个羊肚子毛巾,既不像个干部,也不像个农民。来人很快撑起车子,过来用手在那口肥猪的背上捏揣了两下,笑嘻嘻地问："老人家，这猪你卖多少钱？我出八十块，怎样？"

"你看你这人！明晃晃长两只眼睛，就看不见猪背上盖着官印吗？"六婶子温厚地笑了笑，说。

"噢？你已经卖给县公司了？卖了多少钱？"

"呀，你看你这人！这猪不是我的！"

"你拾的？"那人眼里闪闪发光，"你老人家财运亨通！"说着，他便从怀里往外掏钱。

"哎哟！你太小看人了！你到张家坪村子里打问去，看张六的老婆一辈子做过亏心事没？咱一辈子穷是穷，可穷得钢蹦硬正！咱怎能拿公家的东西给自己换钱哩？"

那人听了六婶子的一番话，哈哈大笑了："哎呀！这如今可天下也寻不下你这么个憨老婆了！人民币还扎手哩？不怕！这事不要你担名誉！你卖给我，我吆到山后就杀了卖呀！他谁能知道个屁哩！这猪能卖一百多块，给你八十块是少了点，可你是拾的嘛，咱两个人都占点便宜。公家把这点损失当屁哩！你吆去送给公家，顶多听两句表扬话。表扬话可不能拿来称盐买油呀！你老人家甭憨了，把这……"

"不！"六婶子白发稀疏的头一扭，站了起来，一边准备吆猪起身，一边又对那人说，"咱好好的老百姓，怎能做亏公家的事呢？你不要麻缠了，你走你的路……"

那人腮帮子一歪，很凶地瞪了六婶子一眼，说：

"这猪是我拾的！我吆上走呀！"

说着，他便过去在地里拔了几棵青麻，拧成绳，动手就拴猪腿。

六婶子急得直往官路两头瞧，她盼望赶快来个人，好把这个凶煞制服住。大天白日抢猪哩，如今的世事乱成这个样子了！

正好！从县城方向来了两个骑自行车的人。那个正在动手捆猪腿的凶煞慌忙蹬上车子就跑。

等那两个人走近了，六婶子赶忙叫住了他们，结结巴巴诉说了刚才发生的事。

那两个人几乎同时在自己的大腿上拍了一巴掌，其中一个叫道："实在是巧！"

原来，这两个人正是县副食公司的收购员，这头猪也正是他俩丢的。他们就是寻猪来的。

两个"公家人"正如刚才那人说的，对六婶子说了许多"表扬话"，然后就把猪吆起身了。他们说，如果不吆猪的话，他们的自行车是可以把她带到城里赶集的。他们一再说，她实在是个好老婆婆！

六婶子心里畅快极了。她说她从来没坐过那玩艺儿，就是不吆猪她也不坐，她怕头晕。在那两个人临走时，她唠唠叨叨又嘱咐他们，说他们还年轻，以后给公家办事再不要马马虎虎，粗心大意了……

现在，六婶子和她的猪娃娃又上路了。盛夏的原野，覆盖着浓重的绿色。糜谷正在抽穗，玉米已经吐出红缨。明丽的阳光照耀着刚翻过的麦田，一片深黄。大地呀，多么的单纯，而又多么丰腴！

中午偏过一点，六婶子才吆着"小黑子"来到县城。

她老远看见街口站着几个戴红袖标的人。她心想：这两年不是没红卫兵了吗，莫不是又搞"文化大革命"了？

她和她的猪娃娃慢腾腾地走到了街口，准备穿过街道，到南门外的猪市上去呀。

她马上被人挡住了——正是那几个戴红袖标的人。

"猪是卖的吧？"其中一个黑胡巴碴的人问她。

"卖哩。"她回答说。

于是那几个人也不说什么，就把她的"小黑子"捉住撂在一个筐子里，又把筐子提到旁边的秤台上。

一个人报斤数，另一个劈里啪啦拨了几下算盘，说："七元八角！"

那个黑胡巴碴的人就从钱袋里数出几张票来，递到六婶子面前："给！"

六婶子现在才反应过来了，原来这些"红卫兵"把她的猪给收购了。她急得赶忙说：

"哎呀，我这猪前村里张有贵一口掏下十五块钱我都没卖呀！我八块钱买的猪娃娃，喂了半年，倒还赔了两毛钱！我不卖给你们！我到猪市上去卖呀！"

"哈哈哈……"那几个戴红袖标的人大笑了。那个黑胡巴碴的人手指了指墙上贴的一张纸，大声说："县革委会早发通告了，所有的仔猪都要统一收购，统一出售，自由交易猪是资本主义！你们老百姓不识字，难道连耳朵也不长吗？就没听说县革委会发了通告？"

老婆婆的眼睛顺那人的手指往墙上看去：那的确是一张告示，上面盖着朱红官印，比猪背上的那个还大。

她猛然感到眼前一阵发黑。她还能再反抗吗？这可是"公家"的告示呀！她对"公家"的感情是无法用语言表达的。她过去为了"公家"，曾没明没黑地在麻油灯下做过公鞋；在碾磨上推碾过公粮；在农业社里，只要是公家的，就是一粒麦穗穗，她也要拾起放在公场的庄稼垛上。而就在刚才，她还把"公家"的那口肥猪还给了"公家"呀……想不到"公家"现在把她的"小黑子"就这样"买"了，才给她七块八毛钱……她想到她害病的男人顶着火辣辣的日头挖药材；想到她为这个猪娃娃受的那些罪，又想到今年和明年连个量盐买油的钱都没指望，忍不住鼻根一酸，泪花子在老眼里转开了……

她央求她面前的这些人说："你们都是好公家人，我也是好老百姓，你们就行行好嘛！我是张家坪张六的老婆，我一辈子没生养过，无儿无女，吃的有咱农业社哩，就是零用的钱要自己打闹哩。我老两口都老了，做不成其他营生了，没来钱处，就靠一年养口猪卖点钱，量盐买油哩……"

这些人已经忙着收购其他人的猪了，对这个老婆子的一番可怜话听也不听。

那个黑胡巴碴的人把那七块八毛钱塞到六婶子的手里，便和另外几个人推着一架子车收购来的猪，扬长而去了。

老婆婆紧撵在那些人的身后，眼泪汪汪地唠叨着："你们行行好吧！看在我这个无儿无女的老婆子面上，把我的猪娃娃给我吧！公家和私人我保证都不卖了，我回去自个再喂它呀！给我吧，行行好吧！……"

她已经追不上他们了，但她还继续一边紧撵着，一边唠叨着上面那些话。那话一句句说得那么认真，那么可怜，尽管身边空无一人，但她好像感觉全城人都在倾听她诉说自己的苦情。

她看见那些人进了一个大场院。她紧撵着走了进去。那些人不见了，只见土墙围着一个大猪圈，里面挤满了大大小小的猪。

她扒在铁栅栏门上，喘着气，嘴里长一声短一声地叫着她的"小黑子"。可怜的"小黑子"听见了她的呼唤，从猪群里挤出来，来到了铁门上。它后面跟着挤出来一口大肥猪。六婶子认出来这就是她交给"公家人"的那口猪。老婆婆慌忙把自己的瘦手伸过铁栅栏，忘情地抚摸着"小黑子"那滚圆的背项。她看见她的猪娃娃的背上，也盖上了一个圆圆的官印。啊，它从此再也不属于她了！她鼻根一酸，一直在眼眶里旋转的泪花子，从脸颊上滚落了下来。

西斜的太阳仍然闪耀着烫人的光芒。老婆婆感到一阵阵眩晕。她舍不得她亲爱的"小黑子"。她索性坐在栅栏门外的地上，一次次把那瘦骨伶仃的手伸过铁条的空隙，抚摸着这个已经不属于她的猪娃娃。她像一个探监的老母亲，把那母性的辛酸泪一滴滴洒在了无情的铁栅栏下。铁栅栏呀，你是什么人制造的呢？你多么愚蠢！你多么残忍！你多么可耻！你把共产党和老百姓隔开了！你是魔鬼挥舞的两刃刀，一面对着共产党，一面对着老百姓……

黄昏降临的时候，六婶子才蹒跚地走出了这个土院子。街上已经空无一人。水泥电杆上的几颗路灯像几只害了眼病的红眼睛在盯着这个老婆婆。六婶子突然看了看自己的两只空手，随后这两只手马上又在身上慌乱地摸了起来。摸了半天，她嘴一张，哇的一声哭了——那可怜的七块八毛钱也不知道在啥时候丢了！

* 原载《鸭绿江》1980 年第 9 期。

姐姐

姐姐已经二十七岁了，按说早该出嫁——在乡下人的眼里，二十七岁的女子还守在娘家的门上，简直是一件很不光彩的事。村里早已经有人敲怪话了，而这种怪话比打你一个耳刮子都更使人难受。

自从母亲在前年病故后，不爱说话的父亲就变得更不爱说话了。他除过埋头下地劳动，家里的事看来什么也无心过问，对于姐姐的婚事，不知为什么，他似乎一直是漠不关心的。

我爱我的姐姐。她温柔、善良、纯洁，像蓝天上一片洁白的云彩。谁都说她长得好看。这是真的。我们这里虽说是穷乡僻壤，少吃没穿，可哪个村里也都有几个花朵一样的俊姑娘。她们像我们这里的土特产黄花和红枣一样，闻名远近的山乡城镇，就连省城里的人也都知道。不信你查问去。

不是我夸口，我姐姐是我们周围村庄数一数二的俊女子。我从小爱美术，所以爱美观念很强；我为有这样一个漂亮的姐姐在内心里是很骄傲的。听妈妈说过,在姐姐很小的时候,省上的文工团就要收她去当演员,当时她年龄太小,妈妈和爸爸舍不得离开,硬是没让去。

她已经高中毕业几年了。连续考了几次大学,每次就差那么几分,回回都考不上。姐姐上中学时,正闹"文化大革命",根本就没学什么。现在又加上考外语,她一点也没学过,看来上大学就更没指望了。现在农村也不招工,就是招,我们家又没"后门",根本轮不上。她看来一辈子就得在农村里劳动了。姐姐对这好像也没什么。她一直在我们这穷山沟里长大,什么下苦活都能干,村里人都说她劳动顶个男人。

我知道,这些年来为姐姐说媒的人不少,说的对象大部分还都是县上和外地的一些干部或者工人,可姐姐全拒绝了。村里许多人都惋惜姐姐把许多好对象都错过去了。他们同时也都很纳闷:不知道姐姐为什么二十七岁了还不考虑自己的终身大事。

实际上,除过我,大概谁也不知道:我的姐姐已经有了自己的心上人。

姐姐爱的男人就是最后离开我们村的那个省里来的插队知识青年,他叫高立民。听说他父亲原来是我们省的副省长,母亲是一个什么局的局长,"文化大革命"一开始就都被关了禁闭。听说他们是一个大特务集团的头头。

和高立民一同来我们村插队的十几个人,不是被推荐上了大学,就是去当了工人,先后都走了。他因为父母亲的问题,不光走不成,就是当个农民也不得安生——公社和县上常叫去训斥他。那些年这个人是够恓惶的了。老百姓把特务看得比反革命分子还要严重,所以村里大部分人都不敢理这个"特务儿子",生怕惹来横祸。高立民孤孤单单的,像一只入不了群的乏羊。他经常穿一身叫花子都不如的烂脏衣服。他也不会做饭,时常吃生的,在山里常肚子疼得满地打滚。

我姐姐心善,看见这个人苦成那个样子,就常去帮助他。她给他做饭,缝补烂衣服,拆洗被褥。逢个过年过节,还常把这个谁也不敢理的"特务儿子"叫到我们家来,尽拿好东西给他吃。我甚至觉得姐姐对他比对我还要好哩!

我父母亲也都是些善人,他们从来也没有因为这事而责备过姐姐。可是,村里有人却风一股雨一股地传播说,我姐姐和立民关系不正常。

我那时年龄还小,别人不敢当着我父母和姐姐说这些话,就常对我说。我总是气得分辩说:"我姐姐和立民关系那么好,你们为什么说他俩关系不正常?"这话常常让别人笑半天。

不过,我自己在心里也纳闷姐姐为什么对立民那么好。要知道,他可是个特务儿子呀!

有一次,我背过爸爸和妈妈,偷偷问姐姐:"姐姐,高立民是特务儿子,人家谁也不理,你为什么要这样关心他呢?你不怕人家说咱路线觉悟低,和阶级敌人划不清界线吗?"

姐姐手指头在我鼻子上按了按,笑了:"看你!比咱公社刘书记都

123

革命！立民可不是阶级敌人，咱和他划的什么界线？你看他多可怜！宝娃，咱奶奶在世时，不是常对咱说，碰见遇难人，要好好帮扶呢；要不，作了孽，老天爷会拿雷劈的！咱们这里有家，他无依无靠，又在难处，难道能眼看着让这个人磨难死吗？别人愿放啥屁哩，咱用不着怕！"

我立刻觉得，姐姐的话是对的。姐姐也真不怕别人说闲话。在知识青年就留下立民一个人的时候，她对他比以往更关心照顾了。

记得有一次，立民病得起不了床，姐姐就在他屋里守了一天。她还把家里的白面、芝麻、腌韭花拿过去，给他擀细面条吃。要知道，我们一个人一年才分十几斤麦子，吃一顿白面是一件多么了不起的事啊！

傍晚，立民发起了高烧，姐姐就仍然守在他身边。点灯时分，姐姐还没有回来，妈妈急了，只好自己也过去陪姐姐直守了他一夜。

姐姐和立民的关系多么好啊！谁说他们的关系"不正常"呢？

过了不久，我才知道姐姐和立民是怎样的"关系不正常"了。

那是一个夏末的傍晚，西边天上的红霞像火一样烧了一会儿，便变成了柴灰一般的云朵。天还没有完全黑下来，我拿了几件并不太脏的衣服到村前的小河边去洗——你们知道，我是个爱美观念很强的孩子。

当我路过我们队打麦场上面的小路时，突然听见麦秸垛后面有两个人说悄悄话——听声音还是一男一女。

孩子的好奇心使我忍不住蹑手蹑脚从麦秸垛旁边绕了过去。

我的心立刻缩成了一团，浑身发抖，马上连滚带爬退回到原来的地方。天啊！没想到这两个人竟然是立民和我姐姐；我刚才看见立民把姐姐抱住，在她脸蛋上没命地亲哩！

我立在小路上，心怦怦地直往嗓门眼上跳。我想马上跑开，但听见他俩又说开了话，便忍不住想听听他们到底说些什么。

就听见立民说："……小杏，你真好！我爱你，永远也离不开你。没有你，我简直就活不下去了。你答应我吧，小杏！你说呀，你爱我吗？唉，爱我的什么哩……我父母已经坐了六七年禁闭，看来我要当一辈子反革命的儿子了，你大概怕……"

"不怕！就是你坐了禁闭，我也会永远等着你的！"这是姐姐的声音。

接下来就听见立民哭了。哭了一阵后，听见他又对姐姐说："小杏，我要永远把自己的一切都献给你！我会永远记得，你在一个什么样的时候，把你的爱情给我的呀！唉，我从小没受过苦，一辈子当个农民也当不好，你跟上我要吃苦的……"

就听见姐姐说："不怕！立民，只要我们一辈子真心相爱，就是你以后讨吃要饭，我也会永远跟着你的！"

听见立民又哭了，像娃娃一般呜咽着。接着，听见姐姐也哭了——但那哭声听起来根本不是伤心的。

不知为什么，眼泪也从我的眼睛里涌出来了——我也哭了。

我抹着眼泪来到了静悄悄的小河边。我呆呆地立在黄昏中，望着远处朦胧的山影出了老半天神。我好长时间弄不清楚我为什么哭。后来慢慢盘算，我才模模糊糊觉得，我是受了感动：我的好姐姐！立民已经是一个狼不吃狗不闻的人了，谁都躲着他走，生怕把"反革命"传染上，可她竟然这样去爱这个人！我当时还并不懂得多少男女之间的事，我只从我自己一颗孩子的心判断，我的亲爱的姐姐她做了一件好事！

那天，姐姐把立民带到家里来，她自己亲自张罗着包了一顿饺子。过日子很仔细的父母亲好几次唠叨着问姐姐：今天既不逢年，也不过节，为什么要吃好的呢？

姐姐和立民大概都在心里偷着笑。可他们并不知道，偷着笑的还有另外一个人。

后来，生活猛然间发生了大变化。"四人帮"完蛋后，听说受了冤屈的立民父母亲平了反，从禁闭里放出来了。第二年，姐姐就鼓动立民去考大学，她自己也去考了。结果立民考上了北京的一个大学，姐姐差几分，没有考上。

立民走后，全村人议论了许多天，都说世事又变了，苦难的立民翻了身，展开了翅膀。姐姐看来又高兴又难受：高兴立民上了大学；而难受纯粹是为了他们的分离。我已经长大点了，再有两年就要上初中，已经朦胧地知道了一些爱情的奥妙。我知道立民一走就是好几年，姐姐那么喜欢他，他一走，她心里会有多少寂寞和难受啊！而要是姐姐难受了，那我心里也是很不好受的。

但我没想到，这一切还有弥补的好办法。

好长时间来，大概村里只有我一个人知道，姐姐总是定期到村对面的公路上，从乡邮员老李叔叔的手里接回一封又一封立民从北京寄来的信；同时，她也把一封又一封的信交给老李叔叔，向北京寄去了。姐姐大概和老李叔叔达成了"协议"，让他保密，所以村里人都是不知道这事的。但可没瞒过我的眼睛。

自从立民上了大学，村里人也就再不说姐姐和他的闲话了。我知道姐姐是个很腼腆的人，不愿让别人知道这些事。要是村里人知道了真情，常常会动不动就开一些很粗鲁的玩笑，这种玩笑会使任何一个害羞的姑娘都难为情。

爸爸看来也不清楚——他看来只知道关心土地和庄稼，对旁的事都是麻木不仁的。不过，我有时也看见他用一种可怜和忧郁的目光，盯着姐姐的背影出半天神；但也不说什么话，只是叹一口气就完了。

我知道，姐姐每次接到立民的信，就常躲到村前打麦场的麦秸垛后面去看（一想起那地方我就心跳脸烧）。

看完信回来时，她总是满脸喜气洋洋，不住点地唱一些叫人很愉快的歌子。姐姐的嗓子是挺棒的，像收音机里那些人唱的一样好听。

就在姐姐最高兴的时候，爸爸就显得更不痛快了。他总是烦躁地打断姐姐的歌声，拉着像要哭一样的音调央求姐姐说："好娃娃哩，别唱啦，我这阵儿心口子疼得要命……"

每当这时，我总是在心里埋怨爸爸，嫌他老是在姐姐最高兴的时候，心口子就疼，把姐姐的兴致全破坏了。但我也对爸爸充满了爱和同情。自从妈妈死后，他变得多么可怜啊。看，他的头发都快全白了！

但是，在姐姐高兴的时候，我的心情也是很好的。我表面上装得一无所知，但一背转人，也不由得笨嘴笨舌唱起歌来。我本来只爱画画，并不爱唱歌，但在这样的时候，我还是要唱几声，为了祝福我亲爱的姐姐。不论是谁，只要他自己有姐姐，他就会知道：尽管他表面上对自己姐姐的婚事不好说什么，但他实际上是怎样在内心里关怀着她的幸福啊！

元旦又来临了。

我们乡下人一般是不过这个年的。在我们看来，这个节日是属于城里人的。我们乡下人过年就是过春节。

对于老百姓来说，过节日的主要标志就是吃好的。今天，村里家家户户仍然像往日一样，都是粗茶淡饭，谁家也没显出一丝节日的气氛来。

唯独我们家与众不同，竟然像城里人一样，张罗着过这个"洋"历年了。其实，这事主要是姐姐在张罗。自从妈妈死后，家务事都是由姐姐做主的。爸爸是不管这些事的，他照旧一声不吭，清早起来就上山砍柴去了。

我知道，姐姐今天是很高兴的，因为她昨天又接到了立民的信。但我心里也忍不住嘀咕：姐姐，你也高兴得有点过分了。为了庆贺你收到立民的一封信，今天就破费着包饺子吃吗？你知道，咱家囤里的白面可是不多啰！

但我并不反对姐姐今天包饺子；只要姐姐乐意的事，我从来都是支持她的。

姐姐一大早就到菜窖里挖了许多胡萝卜回来，准备做馅。她把萝卜不知在水里洗了多少遍，就在铁子上擦成丝，放在开水锅里一冒，捞出来捏成疙瘩，放在了白瓷盘里。接着她又捣蒜、捣胡椒、剥葱，忙了好一阵。毕了，她给我塞了两块钱，叫我到镇子上去买二斤羊肉回来。

我很高兴为姐姐跑这个差，赶忙拿了个尼龙网兜就起身。

我刚出门，姐姐又追了出来。不知为什么，她笑吟吟地用两条胳膊抱住我的肩头——我感到那胳膊微微地有些颤抖。

她脸红得像一片早晨的霞，稍微犹豫了一下，便把嘴贴到我的耳朵上，悄悄说："路上别玩，买了肉就赶快回来，姐姐等着包饺子呢。今天咱们家要来客人。你知道是谁吗？是高立民。就是那个插队知识青年。他上个月从北京来咱们省上的工厂实习，昨天来信说元旦要回村来看看……"

我感到一种火一样热烈的感情通过姐姐的胳膊传导到我身上来了。我抬头看了看姐姐，见她眼睛里竟然噙着泪水。我这时才发现，她不知道在什么时候已经新剪了头发，雪一般洁白的脖颈和桃花一样粉艳的脸蛋，在乌黑发亮的头发衬托下，漂亮得像国画上的仙女。我望着幸福的姐姐，什么话也说不出来，只对她点了点头，就飞一般向远处的镇子上跑去。我现在才明白了，姐姐为什么今天包饺子。我还见她把过端阳包粽子的糯米、红枣，过六月六的荞麦凉粉糁子都搬到太阳地里晒；还把花生豆呀，葵花子呀，统统拿出来用簸箕簸了一遍。而这些珍贵的吃食姐姐平时连我都不让动——原来她是藏着等立民回来吃呀！

阴得很重的天上，不知什么时候已经飘起了雪花。我跑着，跳着，向镇子上飞奔而去。越来越密的雪花像瀑布似的在眼前流泻着。田野里静悄悄的，只听见雪落在地上沙沙沙的响声。一片迷迷蒙蒙中，瞧见远处山尖上已经开始白了。我在风雪中跑着，像个小疯子似的手舞足蹈，高兴得张开嘴"啊啊"地狂叫着。我是多么兴奋啊，因为姐姐想念了许久的那个人就要回来了！当年，他在村里是一个被人看不起的人。这次回来，他可是个排排场场的大学生了。他是在北京上大学呀！北京，那可是容易去的地方吗？我是去过的——是在梦中。我要叫立民好好给我讲一讲北京的事情。我在内心里也充满了对立民的想念和爱，因为他将是姐姐的丈夫，也就是我的姐夫。我想，他这次回来，一定会像人家的姐夫一样，和姐姐举行个订婚仪式，请村里的人吃喝一顿。这样，姐姐就再不会被村里人笑话二十七岁还没男人。亲爱的姐姐为了这，是受了许多委屈的。女大不嫁，别人是多么小看呀……

我一边跑，一边胡思乱想，没觉得就跑到了镇子上。

我很快到店铺里去买肉，可公家的羊肉早卖完了。于是又跑到镇子外面河滩里的自由市场上买了二斤羊肉，折转身上了公路，就往家里跑。

突然，我听见背后有人喊我的小名。

我停住脚，回头一看，原来是乡邮员老李叔叔。李叔叔一直在我们这川道里送信，大人小孩他都认识。姐姐每次就是从他手里接回立民的信。

李叔叔已经走过来了，狗皮帽子和肩膀上落了一层雪。他把一封信递到我手里，笑嘻嘻地拍了一下我的肩膀，说："回去给你姐姐！"

说完就转身走了。

我看了看信皮子，的确是给姐姐的；是省上一个什么化工厂寄来的。我猛然想起姐姐刚才说过，立民已经从北京来到省上一个工厂实习来了，是不是他给姐姐的信呢？可又一想：立民不是今天要来吗？姐姐昨天不是收到了他的信吗？但是，我们在省里又没熟人和亲戚。谁给姐姐写信呢？除过立民，再不会是其他人！他为什么又写了封信呢？是不是他出了什么事？

我由于心急，也没考虑什么就把信很快拆开了。

当我看见开头"亲爱的小杏"一句话，便吓得出了一身汗，不敢看了。天哪，我做了一件多么荒唐的事！我怎能偷看姐姐的恋爱信呢？

我想，既然把信拆开了，我就是说我没看，姐姐也是不会相信的。再说，第一次看恋爱信，这诱惑力太大了，我根本抗拒不了。我于是决定要看这封信——我想姐姐是会原谅我的，她那样亲我。再说，我是个嘴牢的孩子，不会给别人说的，连父亲也不会给说的。姐姐她不知道，就是她和立民亲嘴的事，我也是没给任何人露一个字的。

我于是在路边找了一个既避风又避人的地方，看起了这封信——

亲爱的小杏：

你好！

我想还是直截了当把一切都说清楚吧！由于痛苦，我无法写长信。昨天发出的信，你在元旦前一天大概已经收到了。

我本来是想利用元旦的假期回来一趟的，想当着你的面把一切说清楚，但我想我们都会无法忍受这种面对面的折磨。因此，我决定不回来了，觉得还是信上说这事为好。

我不得不告诉你：我父母亲不同意咱们的婚事（你大概在省报上看见了，我父亲又当了副省长）。他们主要的理由是：你是个农民，我们将来无法在一起共同生活。我提出让他们设法给你安排个工作，但他们说他们不能违背《准则》，搞"走后门"这些不正之风，拒绝了我的请求。父母亲已经给我找了个对象，是个大学生，她父母和我父母是老战友，前几年又一同患过难。亲爱的小杏，从感情上说，我是爱你的。但我父母在前几年受尽了折磨，现在年纪又大了，我不能再因为我的事而伤他们的心。再说，从长远看，咱们若要结合，不光相隔两地，就是工作和职业、商品粮和农村粮之间存在的现实差别，也会给我们之间的生活带来巨大的困难。由于这些原因，亲爱的小杏，我经过一番死去活来的痛苦，现在已经屈服了父母——实际上也是屈服了另一个我自己。我是自私的，你恨我吧！啊，上帝！这一切太可怕了……

我看到这里，头上立刻像响了一声炸雷！这信上有些话虽然我不太能读懂，但最主要的我已经看明白了，立民他已经不要我的姐姐了！

我脑子里像钻进了一群蚊子，嗡嗡直响；感到天也旋来地也转，好像雪是从地下往天上飘。我赶忙把信塞在衣兜里，拔腿就往家里跑……

我跑进院子，站住了。

我听见姐姐正在屋子里唱歌。歌声从屋子里飘出来，热辣辣的，在风雪里传荡着："……亲爱的人儿，你可曾知道，有一颗心在为你燃烧。不论是狂风暴雨，不论你到天涯海角，这一颗心，永远和你在一道……"

我知道，这是一首电影插曲，姐姐最喜欢唱的一首歌。泪水在我的脸上刷刷地淌着。密密的雪花在天空飘飞旋转，大地静悄悄的和我一起听姐姐唱歌。

我在院子里立了一会儿，用袖子揩了揩脸上的泪水，腿上像绑了石头似的，一步一步挪回了屋子。

姐姐正站在灶火圪垯里炒花生豆，锅里烟气大冒，毕毕剥剥直响。

她大概看见我的神色不对，就走过来，惊讶地打量了我一下，突然问："宝娃，你买的羊肉呢？"

我看了看自己的两只空手，才知道羊肉已经丢在看信的地方了！

我什么也没说，掏出那封信交给了姐姐，便忍不住扑在炕栏石上，

"哇"一声哭了!

我趴在炕栏石上哭了好一阵。等我爬起来的时候,姐姐早已经不在屋子里了。地上散乱地丢着那几页信纸。屋子里弥漫着一股很呛人的味道——大概是锅里的花生豆焦糊了。

姐姐到哪里去了呢?我的心忍不住一紧。我什么也不顾地跑出了屋子。

外面的风雪更大了,地上已经积起了厚厚一层荒雪。山白了,川白了,结了冰的小河也白了。远远近近,白茫茫一片。大地上一切难看的东西,都被这白雪遮盖了。

姐姐呀,你在哪里呢?

我顺着打麦场上面的小路,出了村子,穿过那一片开阔的川地,盲目地向小河那边走去;我在弥漫的风雪中寻找着姐姐,脚下打着滑溜,时不时就栽倒在地上。

当我跌跌爬爬走到小河边的时候,突然看见河边一块大石头上坐着一个人,浑身上下覆盖着雪,像堆起来的雪人一般。这不是姐姐吗?

这正是我亲爱的姐姐。她两条胳膊抱着膝盖,一双失去光彩的眼睛迷惑地望着风雪模糊了的远方。她好像已经停止了呼吸,没有了活人的气息,变成了一座白玉石雕成的美丽的塑像。

我也默默地坐在了她身边,把头轻轻靠在姐姐的肩膀上,忍不住呜咽起来。天渐渐昏暗下来。风小了,雪仍然很大;毛茸茸的雪片儿在黄昏里静悄悄地降落着。归牧的羊群从对面山里漫下来,在风雪里缓缓向村子里移动。

姐姐伸过来一只冰凉的手,轻轻地颤抖着,抚摸着我的头。我仰起脸在昏暗中望了望姐姐:啊,她一下子好像老了许多岁!我依稀看见她额头和眼角似乎都有了细细的皱纹。我的亲爱的苦命的姐姐!

不知道父亲是什么时候站在我们面前的。他带着一身山里的黄土,脸上流着汗道道,落了雪的头发纯粹是白的了。

他不出声地弯下腰,拍去了姐姐和我身上的雪,从胳膊窝里拿出我的皮帽子给我戴上,又拿出姐姐的那条红毛围巾,给她围在脖子上;然后用粗大的手掌轻轻拂去了姐姐头发上的雪花——那实际上是在轻轻地、慈爱地抚摸着姐姐。爸爸,我知道了,你不仅爱土地和庄稼,你实际上是多么爱我们啊!

姐姐站起来,头一下子埋在爸爸怀里,大声地哭起来了。

爸爸轻轻抚摸着她的头,沉重地叹了一口气,说:"唉,我都知道,我都知道……我早就知道了,早就知道了!怕你伤心,爸爸不愿和你说……我知道人家终究会嫌弃咱们的……天黑了,快回家去吧……"

天已经完全黑下来了,大片大片的雪花在无声地向这个世界上降落着。

就像在我们小时候一样,爸爸一只手牵着姐姐的手,一只手牵着我的手,踏着松软的雪地,领着我们穿过田野,向村子里走去。他一边走,一边嘴里嘟嘟囔囔地说:"……好雪啊,这可真是一场好雪……

明年地里要长出好庄稼来的,咱们的光景也就会好过啰……噢,这土地是不会嫌弃我们的……"

姐姐,你听见了吗?爸爸说,土地是不会嫌弃我们的。是的,我们将在这亲爱的土地上,用劳动和汗水创造我们自己的幸福。

*原载《延河》1981年第1期。

黄叶在秋风中飘落

第一章

一

父母亲先后去世了,大学又没考上,生性倔强的卢若琴只好把关中平原小镇上那座老宅院用大铁锁锁住,跟哥哥到黄土高原的大山深沟里来了。

老家那十九年一贯制的生活结束了,她来到了一个完全陌生的世界里。她有些伤感,但又有点新奇。

这个女孩子身上有点男孩子的气质,看来对什么事也不胆怯。何况她已经读过《居里夫人传》一类的课外书,自以为对于生活已经有了一些坚定的认识。

她对于自己从富饶繁华的平原来到这贫瘠荒凉的山沟满不在乎。

当然，这也还有另外一个原因：亲爱的哥哥在她身边。

哥哥是有出息的。虽然不到四十岁，就是这个县的教育局副局长。她尽管基本上没和哥哥一块生活过，但知道他是一个出色的人。她从哥哥每次探亲回去的短暂相处中，就感到他既有学问，又有涵养，不能不叫人肃然起敬。她经常为有这样一个好哥哥而感到骄傲。现在她来到了他的身边，就像风浪中的船儿驶进了平静的港口。

当然，出众的人往往遭遇不幸的命运。哥哥正是这样。两年前，嫂子病故了，他一个人带着五岁的玲玲过日子。这两年，他又当爹，又当娘，还要当局长。她现在心疼地看见，一个风度翩翩的男人，一下子就好像衰老了许多。

她来到这里并不是要扎根于此地。她要安心复习功课，准备再一次高考。哥哥让她就呆在家里学习，家务事什么也不用管。玲玲已经上学，没什么干扰；又有电视机，可以学英语。

但她不。她提出让哥哥给她在附近农村找个民办教师的职务，她可以一边教学，一边复习功课。

"为什么？"哥哥问她。

"不愿让你养活我。"她回答。

进一步的谈判显然是没有余地的。哥哥似乎也隐约地认识到他的妹妹已经是一个独立的大人了，只好依从了她的愿望。

于是，卢若琴就来到了高庙小学。

高庙离县城只有十华里路。这所学校并不大，只有四十多个娃娃，是高庙和附近一个叫舍科村联合办的。学校在两个村之间的一个小山湾里，一溜排石头窑洞和一个没有围墙的大院子。院畔下面是一条简易公路；公路下面是一条小河；小河九曲八拐，给两岸留下了一些川台地。

起初来到这里，一切都还很不习惯。视野再不像平原上那般开阔了，抬头就是大山。晚上睡在窑里，就像睡在传说中的一个什么洞里似的。她有一种孤寂的感觉。白天还好一点，孩子们会把这个小山湾弄成一个闹哄哄的世界。一旦放了学，这里便静悄悄地没有了什么声息。学校下面虽然有一条公路，除过县城遇集热闹一番，平时过往的人并不多。至于汽车，几天才驶过一辆，常惹得前后村里的狗在这个怪物扬起的黄尘后面撵上好一阵子。

除过教学，她就把她的全部精力投入到复习功课中去了。有时，她很想一个人出去走走，唱唱歌，就到简易公路或小河岸边去溜达溜达。因为人生地疏，也不敢远行。

好在哥哥时不时来看望她，给她各种有言或无言的安慰。她在星期六也回县城去，与哥哥和玲玲共同度过愉快的一天，然后在星期天下午又回到这个天地来。

新的生活就这样开始了。

除过她，这学校的另一个教师就是高广厚。他前几年在地区的师范学校毕业，已经转为正式的公派教师，也是这个学校的当然领导。

老高三十出头，粗胳膊壮腿，像一个地道的山民。他个子不算矮，背微微地有些驼，苍黑的脸上，已经留下岁月刻出的纹路。他平时言语不多，总给人一种愁眉苦脸的感觉。

但他的爱人却是个极标致的女人。她穿着入时,苗条的身材像个舞蹈演员。这地方虽然是穷乡僻壤,但漂亮的女人随处可见。这一点卢若琴很早就听过许多传闻,据说古代美人貂蝉出生地就离这地方不远。相比之下,卢若琴却不能算漂亮了。可她也并不难看,身干笔直,椭圆形的脸盘,皮肤洁白而富有光泽,两只黑眼睛明亮而深邃,给人一种很不俗气的感觉。

高广厚已经有一个四岁的小男孩,漂亮而伶俐,两口子看来都很娇惯这个小宝贝。卢若琴不久便知道,刘丽英初中毕业,但没有工作,娘家和高广厚一样,也就是这本地的农民。

卢若琴刚来时,经常看见刘丽英郁郁寡欢,对待新来的她不冷也不热。若琴是个敏感的姑娘,她猜想丽英一定在心里说:"哼!你有个当官哥哥,叫你能混一碗公家饭吃!我也中学毕业,可是……"

若琴完全能体谅她的心情,尽量地亲近这个美人。她很喜欢四岁的兵兵,每次从县城回来,总要给这个孩子买一点吃的。兵兵马上和她成了好朋友,常往她窑里跑。这样,丽英也就借找兵兵,常来她宿舍。通过一些交谈,若琴知道丽英爱看小说,学校订那么几本文学刊物,每期她都从头看到尾,并且还给她津津有味地转述一些瞎编乱造的爱情故事。卢若琴对这些东西毫无兴趣,而丽英竟然能说得泪水汪汪。

看来这女人外冷内热。卢若琴发现,她对她的儿子极其疼爱,尽管孩子已经能走能跑了,但她还是经常把他抱在怀里,像个袋鼠一样。她那两片好看的嘴唇不时在儿子的脸蛋上亲吻着,有时还在孩子的屁股蛋和脏脚丫子上亲。即使孩子学一些难听的骂人话，她也不教育孩子改正，还笑嘻嘻地夸赞儿子竟然能学着骂人了。

她对丈夫却很厉害，经常挖苦和骂他，有时甚至不避生人。卢若琴很反感这一点，觉得她缺少起码的教养。那位老高可是老态度，遇上这种情况，总是一声不吭。卢若琴也反感高广厚这一点儿，觉得他缺少男子汉起码的气质。可是她看得出来，高广厚对刘丽英爱得很深切。

不知谁说过，老实巴交、性格内向的男人，往往喜欢和自己性格完全相反的女人结交。哥哥就是这样，一个老成持重的人，当年偏偏娶了县剧团一个爱说爱笑的演员。女人大概也一样。她将来应该找一个什么样的丈夫呢？想到这一点，她就偷偷害臊半天。

现在这一切还为时过早，她应该努力做好眼前的事，并且好好复习功课才对。是的，她应该再碰一次命运。按她平时的学习，她上一次本来是可以考上大学的。叫她痛心的是，母亲正是在她高考前两个月去世的。她还不到二十岁，基本上是个娃娃，不能控制住自己失去母亲的悲痛，无法集中精力投入那场可怕的竞争，很自然地被高考的大筛子筛下来了。

哥哥时不时给她送来各种各样的复习提纲。大概因为哥哥是顶头上司吧，他每次来的时候，广厚一家人对他极其热情。她和高广厚上课的时候，丽英就帮她给哥哥做饭。她下课回来，丽英已经招呼着哥哥吃饭了。她是一个麻利的女人，并且在有点身份的人面前，谈吐文雅，彬彬有礼。这使卢若琴很惊讶，她想不到丽英还有这样的一面。

不过，她猜想丽英是不是想让哥哥也给她安排个民办教师职务，因此对哥哥才这么热情？她倒是希望哥哥确实能把丽英安排了，因为老高就那么点工资，日子过得相当紧巴。

她极其同情高广厚。这个厚道人整天埋头为学校的事操劳，还得要做家务，听丽英的奚落和咒骂。老高对她是很关心的，经常把劈好的柴摞在她门前；帮助她买粮，磨面，担水……这一切都使她在心里很受感动。他是个事业心极强的人。她已经听哥哥说过，高老师教学在县上是呱呱叫的，高庙每年在全县升初中的考试中都名列第一。在工作中他也从不为难她。这几个月里，她的一切困难他都会细心地考虑到，重担子都由他一人挑了。她看得出来，他这样关怀她，倒不是因为她是教育局长的妹妹，而是他本质上就属于一个好人。

二

不知为什么，最近以来，美人儿丽英对她的丈夫越来越凶狠了。

她整天摔盆子掼碗，骂骂咧咧。可怜的老高把头埋得更低了，似乎他做了什么见不得人的坏事。妻子在窑里骂，他就拉着兵兵来到院子里。他也不和儿子说话，只是抱着他，呆呆地看一会儿，然后轻轻地，或者重重地在他红苹果似的脸蛋上亲吻着，直到儿子说"亲疼了"才住气。

有时候，他正亲孩子，丽英一下子又骂到院子里来了，并且一把从他手里夺过孩子，骂骂咧咧地回窑去了，似乎表示这孩子是属于她一个人的,高广厚没权利亲他。

高广厚这时两片厚嘴唇哆嗦着,垂着两条长胳膊站在院子里,难受得就像手里的糖被鸡叼走的孩子一样。他仍然不吭一声,像一块没有生命的石头。

他显然对这一切都无能为力,也就麻木了。可是窑里老婆的咒骂却越来越猛烈了,又夹杂着孩子的尖锐的哭叫声,就像这小山湾里发生了什么祸事似的。

丽英的咒骂总就那么些内容,无非是抱怨她"鲜花插在了狗屎堆上",说她命薄,寻了一个"狼不吃狗不闻的男人"。

每当这样的时候,卢若琴心里感到很不是味儿。她深深感到,这是一个没有幸福的家庭。她同情可怜老高。但她自己是个不到二十岁的女孩子,没勇气去安慰一个大人。她就只好离开这令人心烦的地方,从学校的院子出来,下了小坡,来到简易公路上。她怀着一种极其郁闷的心情,在简易公路上漫无目的地溜达着。

有时,这样溜达着的时候,她就会看见前面的公路上慢悠悠地过来一辆自行车,上面骑着一个老成持重、穿一身黑粗呢料的人。这是亲爱的哥哥。他最近越来越多地到高庙来看望她。她很过意不去,几次给哥哥说,她已经在这里习惯了,要他不必经常来。哥哥总是微笑着说:"我最近工作也不忙,路又不远,出来散散心……"

九月下旬,连绵的阴雨开始下个不停。白天,雨有时停一段时间,但天气从来没有晴的意思。大地和人的心都泡在湿淋淋的雨水里,显得很沉重。学校的院子里积满了水;院子下面的公路变成了稀泥浆,被行人的脚片子踩得乱糟糟的。

这样的天气是最令人烦躁的,听听丽英对高广厚不断加骤的咒骂声就知道了。

但老高这几天可顾不上听这个老节目。因为学校窑洞旁边被雨水泡得塌了一批土,家长都吓得不敢让孩子们上学来了。高广厚怕耽误娃娃们的功课,急得白天黑夜跑个不停。他安排让她在离学校较近的生产队一孔闲窑里给娃娃们上课,他自己跑着到舍科村去。

他一早在丽英的咒骂声中走出去,晚上又在她的咒骂声中走回来。回来的时候,丽英竟然不给他留饭。他就一个人蹲在灶火圪崂里拉起了风箱。

卢若琴这时到他家去汇报这一天的情况,看见他这副样子,总想给他帮点忙,又不好意思。

她是个机灵的姑娘,这时她就借机把兵兵抱到她窑里,拿出哥哥给她送来的点心塞到孩子的手里,教他说:"你吃,也给爸爸吃,好吗?"兵兵答应后,她就把兵兵又抱回到他家里。她希望老高能吃她的几块点心先填填肚子。可怜的人!他大概已经十来个小时没吃一口东西了吧?她知道自尊的老高是不会在学生家里吃饭的。

兵兵真是个乖孩子,他把点心硬往高广厚手里塞,小嘴伶俐地喊叫说:"姑姑的点心,咱们两个吃!"

高广厚这时便停止了拉风箱,在兵兵的红脸蛋上亲一口,咧嘴一笑,说:"谢谢你姑姑了没有?啊?爸爸不饿,你和妈妈吃。"他接着便会讨好地瞥一眼躺在炕上看小说的丽英。

丽英对于丈夫这近似下贱的温存不屑一顾，甚至厌烦地翻过身，把她那漂亮的后脑勺对着灶火圪崂。

卢若琴这时就忍不住鼻子一酸，低头匆匆地走出了这个窒息得令人喘不过气来的窑洞。

三

又是一个雨夜。

卢若琴躺在土炕上睡不着。哥哥以前还说这山区的主要特点是干旱，雨比油还金贵呢，可这讨厌的雨断断续续地下了十三天还没个停的意思。

雨夜是这么宁静，静得叫人感到荒寂孤单。雨夜又是这么骚乱，乱得叫人有点心神不安。

她怎么也睡不着。于是就闭住眼，设法想别的事：烫热的阳光，缤纷的花朵，湖绿的草坪；大道上扬起的黄尘，满脸淌汗的马车夫，金黄的干草堆，蓝天上掠过的灰白的鸽群……她想用幻觉使自己的耳朵丧失功能，不要再听窗外秋雨拍打大地的声音，好让自己迷糊着进入梦乡。

但不能。耳朵在淘气地逗弄着她，偏偏把她的神经拉回来，让她专心谛听外面雨点的各种奇妙的声音。雨点的声音像一个有诱惑力的魔鬼发出的声响，紧紧地抓住她的听觉和注意力不放。

她索性以毒攻毒，干脆用欣赏的态度来感受她所讨厌的风雨声。

她把它想象成那些迷人的小夜曲，或者庞大的层次复杂的交响乐，企图在这种"陶醉"中入睡。

但她仍然睁大着眼睛睡不着。

"唉，这也许不能怪雨……"她想。

她从小土炕上爬起来，摸索着点亮炕头上的煤油灯，拿起一本高中化学课本。

她什么也没看进去。耳朵不由自主地听着外面的动静。该死的耳朵！

院子里突然响起了一阵"扑哒扑哒"的脚步声。

他！他回来了！

隔壁传来了敲门声。

是他。老高。

又一阵敲门声。敲门声后，是长长的寂静。

卢若琴静静地听着。她焦灼地等待着那"吱呀"的一声。

这声音终于没有传来。卢若琴听见的只是自己太阳穴的血管"突突"的跳动声。

又一阵敲门声。

仍然是长长的寂静。

该死的女人！她在装死！唉，可怜的老高奔波一天给娃娃们上课，现在一定浑身透湿，垂头丧气地站在自己门外而进不了家。

卢若琴从来没有想到一个女人会狠心到这种地步。她听人说过，丽英原来是对丈夫有点不满意，但一般说来还能过得去。鬼知道她为了什么，最近对老高越来越不像话了。丽英她逞什么能哩？除过脸蛋子好看外，再还有什么值得逞能的资本呢？

"咚咚咚！"

敲门声又响了。那个饥寒交迫的人这次稍微用了点劲——大概是用拳头在往门板上捣。

"哪个龟孙子？"丽英在窑里出口了。

"开开……门……"

他牙关子一定在上下磕着。

"你还知道回来哩？"

"开……门！"

"我头疼！下不了炕！"

"好你哩……开门……我的脚……碰烂了……"

卢若琴一直紧张地坐在炕上听旁边的动静。当她听见高广厚刚才那句悲哀的话，心头忍不住打了个冷战。

门终于还是没有开。

听见外面一声沉重的叹息，就像犁地的牛被打了一鞭所发出的那种声音。然后就响起了那"扑哒扑哒"的脚步声。每一脚都好像是从卢若琴的心上踩过去。他大概离开了自己的门前。

脚步声没有了。可怜的人！在这黑洞洞的雨夜里，你到哪里去安身呢？

卢若琴怔怔地坐在炕上。一种正义感像潮水一般在她胸脯里升腾起来。对丽英的愤怒和对老高的同情，使她鼻子口里热气直冒！

她什么也不顾忌了，三把两把穿好衣服，跳下炕，从枕头边摸出手电筒，风风火火打开了门，来到了院子里。

冷风冷雨扑面打来，她浑身一阵哆嗦。

外面漆黑一片。她用手电筒从院子里依次照过去。

看见了。可怜的人，他正抱住头蹲在院畔的那棵老槐树下，像一个没有生命的物体一样，任凭风雨吹打着。

手电的光亮使他惊骇地回过头来。

她走到他跟前，说："到我窑里先暖和一下，外面雨这么大……"

他犹豫了一会儿，就困难地站起来，也不说话，一瘸一拐地跟着她进了窑。

灯光立刻照出了一张苍白的脸。他难为情地看了一眼卢若琴，叹了一口气，坐在了桌旁的凳子上，两只粗糙的手有点局促地互相搓着。

卢若琴用很快的速度给他冲了一杯滚烫的麦乳精，加了两大勺白糖，然后又取出一包蛋糕，一起给他放在面前，说："先吃一点儿……"

高广厚看看这些食品，微微摇了一下头。这不是拒绝，而是一种痛苦的感激。他很快低下头，两口一块蛋糕；拼命吹烫热的麦乳精，嘴唇在玻璃杯的边上飞快地转动着。

卢若琴乘机迅速地在他脚上瞥了一眼，发现伤在左脚上，血把袜子都染红了。

她过去从抽屉里拿出纱布和一些白色的药粉，又打了一盆热水，说："你一会儿包扎一下，小心感染了。怎碰破的？"

高广厚抬起头惊讶地看了她一眼，好像说：你怎知道我的脚破了？

"摔了一跤。"他只简单地说。

他吃完后，看看地上的那盆热水，又看看自己的脏脚，难为情地说："不洗了。"他脱下鞋袜，马马虎虎包扎了一下。

"你怎么这么晚才回来？"卢若琴问他。

"舍科村六娃发高烧，他爸外出做木活去了，家里没个人，我到城里给他买了一回药。"

卢若琴又要给他冲麦乳精，他摆摆手拒绝了，并且很快站起来，准备起身。

"让我给你叫门去！"她突然勇敢地说。

他犹豫了一下，脸上露出羞愧的表情，说："不要。我带着小刀，可以把门栓拨开……"

他在出门的时候，回过头和善地对她笑了笑——这是比语言更深沉的一种感激。

四

最糟糕的事情终于发生了：刘丽英闹着要和高广厚离婚。

卢若琴没想到，平时看来窝窝囊囊的老高竟然果断地同意了。

法律机关先是照例做了一番规劝双方和解的工作。但这一切都无济于事。

因为双方都同意，所以离婚手续办得很顺利。一张纸片宣告了一个家庭的解体。慷慨的刘丽英竟然什么也没要,连同她的命根子兵兵一起留给了她原来的男人。

她一个人毅然地回到山背后娘家的村里去了。

高广厚离完婚回到学校的时候,表情和平时一样——永远是那副愁眉苦脸。只是在傍晚,兵兵哭喊着要妈妈时,这个男人的眼里才涌满了泪水。

卢若琴看见这悲惨的一幕,关住自己的门在炕上哭了一个下午。这个心地善良的女孩子第一次看到,人不仅能创造幸福,也能制造不幸。她现在主要可怜兵兵。她知道失去母亲是什么滋味。但是,兵兵的母亲并不像她的母亲一样已经离开了人世。她还活着。生活啊,你竟然有着比死亡还要不幸的大悲大痛!

第二天早晨,高广厚对卢若琴说,他要把兵兵先送回到他母亲那里,大约两天以后才能回来。他让卢若琴先照料一下学生娃娃们。他甚至抱歉地对她说:"你得辛苦几天……"

卢若琴面对着这个好人和他的不幸,心里难过极了。

她让他放心去,说学校的事她一定会照料好的。

父子俩走的时候,卢若琴帮助他简单地收拾一下东西。她把她全部吃的点心都拿了出来,给兵兵包在包袱里,并且把她心爱的那条红纱巾给孩子围在脖子里。

高广厚一条胳膊拎着那个粗布包袱,一条胳膊抱着孩子起身了。她亲了兵兵的脸蛋。兵兵也亲了她的脸蛋。泪水从她的眼里涌出来了。可怜的孩子并不知道这世界给他带来了多大的不幸,还笑哈哈地说:

"卢姑姑，爸爸带我找妈妈去！"

他们走了，踏着那条泥泞的简易公路走了。卢若琴站在学校院子的边畔上，用泪水模糊了的眼睛，一直望着他们消失在公路的拐弯处。她突然隐约地感到：对这不幸的父子俩，她将要负起某种责任来。是的，一个善良而正直的人，在生活中遇到这样的事，就会唤起一种责任感来。

她当天就在高庙村叫了几个年龄大点的女生，帮助她把高老师的宿舍收拾了一番。打扫了地上的灰尘，用白麻纸裱糊了窗户，把家具摆得整整齐齐。她还拆了她心爱的一本《人民画报》，把墙壁贴得五颜六色。她有一个强烈的念头：让不幸的高老师回来的时候，在他那孔晦暗的窑洞里，多少能添上一点另外的什么。

做完这一切后，她穿上高筒雨鞋，把教科书用塑料纸包好，挟在胳肢窝里，撑着那把从老家带来的湖蓝色的自动伞，到舍科村给学生上课去了。她临走时嘱咐高庙的学生：她下午回来再给他们上课。

中午，当卢若琴拖着两条泥腿回到学校的时候，惊讶地看见高广厚和兵兵在学校院子的水洼里玩纸船。她一下难受而兴奋地跑过去，一把抱起小兵兵，在他的红脸蛋上拼命地亲吻起来。

她问高广厚："你们怎又回来了？"

"半路上，兵兵哭着不走了，硬要回来……"他沮丧地摇了摇头，"唉，这可怎办呀？……"

"你别熬煎！"卢若琴不假思索地说，"晚上让兵兵跟我睡！白天你上课时，先叫高年级几个女生看着，罢了再给她们补课。"

"那怎行呢!"他严厉地看了她一眼,"不能连累学生……"

卢若琴看了看他那张粗糙而憔悴的脸,不言语了。

"哎呀,是你帮我收拾的房子吧?兵兵高兴得在窑里又跳又叫!"他感激地说。

卢若琴微微一笑,拉起兵兵的手,说:"我帮你们做点饭吧,兵兵一定饿了……"

密布的乌云终于在秋风中溃散了。连绵的阴雨停了;久已不见的太阳亲切地在蓝天上露出了笑脸,把那灿烂的阳光洒在了泥泞的大地上。远方的山峦,蒸腾起一片蔚蓝色的雾霭。鸟群舒展开翅膀,在秋天的田野上欢悦地飞翔着。庄稼地里,竖起了一些丑陋不堪的"稻草人",在秋风中摇摇晃晃,吓唬那些贪嘴的麻雀。

不论怎样,生活的节奏永远不会中断。地里的庄稼在成熟,学生娃的课本又翻过了几页;高广厚依然是满身的粉笔末,站在石头块垒起的讲台上,像往常一样,抑扬顿挫地领着高年级的孩子们念课文;卢若琴用她唱歌般的音调,给那些吸着鼻涕的猴娃娃教拼音。

有时候,在这些声音中,院子里突然传来兵兵尖锐的哭喊声——大概是摔跤了。

高广厚仍然在抑扬顿挫地念着,好像什么也没听见,那神态就像一个艺术家沉醉在他的创造中。其实他听见了那尖锐的哭喊声。但他忍着。在忍受痛苦方面,生活已经把他磨炼得够强大了。或者说,生活已经使他对痛苦有点麻木了。

但卢若琴念不下去了。她会马上跑出来,从地上抱起兵兵,揩干净他脸上的泪水,给他手里塞两块糖,然后抱到她宿舍里,拿几本小人书让他翻,让他撕。等他安静下来,她才又回到教室继续上课。后来,她干脆把兵兵带到教室里,让他坐在小板凳上,和学生娃们一起念拼音。尽管他成了班上一个最捣乱的"学生",但还是可以控制到一定程度的。小家伙真聪明,学拼音竟然比一些大的学生还快。这个办法使高广厚和卢若琴都很高兴。

下午放学后,她先帮老高和兵兵做饭,然后再做自己的。有时候他们三个人索性在一块做着吃。晚上,在兵兵愿意的情况下,她就把他抱在自己的宿舍里,给他洗脸洗脚,晚上也就睡在她的身边。渐渐地,这小东西有时瞌睡来了,自己就跑到她的被窝里睡着了,泥脚和泥手把她的被褥弄得一塌糊涂。尽管老高非常抱歉,但她不计较这些。她怀着一种喜爱的感情搂着这个脏东西睡了。

他们的生活就这样进行着。作者提醒某些读者先不要瞎猜想什么——这一点也许是必要的。

过了好一段日子,卢若琴才发现她好几个星期天没有回县城了。不知为什么,哥哥最近也再没来她这里。她心里猛一紧:是不是哥哥或者玲玲出了什么事?

她突然惦记起她的这两个亲人来了,觉得她应该很快回县城去看一看。她感到她在生活中猛然变成了一个重要人物。以前她老感到需要别人来关心自己,而现在她觉得她需要关怀别人了。这个心理上的巨大变化连她自己都感到惊讶。

她惊喜地意识到,生活使她在不知不觉中成了一个真正的大人。

这个星期六,卢若琴回到了县城。

五

玲玲出去玩了,屋里就哥哥一人。

他照例爱抚地对她微笑着,欢迎她回到家里来。

卢若琴先急着问:"家里出什么事没?"

哥哥笑了:"应该忌讳这样的问候!"他给她沏了一杯茶,放在桌子上,说:"可能要出一点事,但肯定不是坏事。罢了再说。你先喝茶!"他看来兴致很不错。

卢若琴心里很高兴。她坐在椅子上,一边喝茶,一边用眼睛打量着这间她熟悉的屋子。她觉得这屋里似乎有了某种变化。是什么呢?她一下也说不清楚。屋里的东西看来没什么变化,没增也没减,都在老地方。一套崭新的沙发,大立柜,半截柜,双人床,电视机,垒起的四只大木箱;套间的门上,还挂着她买的碎花布门帘……

半天她才发现,是哥哥的身上有了某种变化。不是衣着装束,也不是其他,而是精神状态。这种极微妙的变化,只有极亲近的人之间才能觉察到。她看见哥哥脸上忧郁的愁云消失了,苍白的长脸盘上透出了淡淡的红润,腰板也挺直了,走路带着某种矫健,似乎有什么东西(激情?)从心灵的深处往外溢。她记起了哥哥刚才说的话。

亲爱的哥哥倒究有什么值得高兴的事呢?

吃罢下午饭,玲玲和她的一群小朋友在看电视。哥哥对她说:"咱们到后边体育场转一转。"

她乐意地答应了。

他们慢慢地踱着碎步,来到了体育场。刚吃完饭,现在这里还没什么人。

他们在跑道上走着,先谈论了最近报纸上的几条重要新闻。

谈完这些后,哥哥突然开口说:"给你换个学校行不行?"

"为什么?"她有点奇怪地问。

他沉默了一下。

点着一支烟后,他说:"我可能最近要……结婚了。"

卢若琴不由一愣。她很快把哥哥这句令她震惊的话和他的前一句话联系起来想一下。突然,颤栗像一道闪电似的掠过了她的周身。她哆嗦着问:"你和谁结婚?"

他仍然沉默了一下,说:"你大概能猜得着。"

猜着了!她眼前立刻闪现出高广厚痛苦的脸和小兵兵流泪的脸——她的脊背上有一种患重感冒的感觉。

"你和刘丽英结婚?"她的牙齿咬住了自己的嘴唇。

哥哥点了点头。

"我这几年苦哇……现在玲玲也大一点了,所以……"他望着妹妹,脸上显出一副要求她谅解的表情。

卢若琴一下不知该说什么。"真没想到……"她说不下去了。

"我也没想到……"哥哥也说不下去了。

"你难道没想到高老师他有多……"她难受地把头扭到了一边。

"正因为有这么个情况,我才想叫你换个学校……"

"不!"她有点恼怒地转过脸说,嘴唇急剧地颤动了一会儿,说,"你不道德!你诱惑了丽英!"

对!是诱惑!她感到这个词用得相当准确,尽管这是在一本小说里看到的。

副局长身子不由一挺,惊骇地打量着眼前这个"孩子"。

"哥哥,你结婚,这是我早盼望的。以前我小,不好意思给你说这话。但是你不应该和丽英结婚。你不能把自己的幸福建立在别人的痛苦上。这句话是书上说的,我自己再说不出更深刻的话来,但我的意思是很清楚的。高老师太可怜了,还有孩子……"她第一次用平等的、一个大人对另一个大人那样的口气和哥哥说话。

哥哥不言语了,独自一个人慢慢向前走去。她跟他走,从后边看见他的脖颈都是红的。

他仍然没有回过头,说:"我想我没有违什么法……"语调显然充满了不愉快。

"是的,你没违法。但不道德!"她控制不住自己的感情了,一种火辣辣的东西开始在她的胸膛里膨胀起来。

他猛地停住脚步,一下子转过身来,悲哀地看着她。

卢若琴看见哥哥眼里泪花子直转——她第一次看见哥哥的眼泪(不算小时候)。

她一下子惊呆了。她的心软了。她知道她的话严重地刺伤了哥哥的心。但她考虑了一下,觉得她没有必要修改她刚才说的话,而且又一次很冲动地说："这样做确实有些不道德……"

哥哥摇摇晃晃地，靠在单杠的铁柱子上，突然埋下头，轻轻地吸着鼻子，抽泣起来了！

卢若琴的眼泪也在脸颊上刷刷地淌着。她为哥哥难过：为他的不幸！为他的"不道德"！

她想她刚才的话是有些重。但她完全是为了他好。但愿哥哥能认识到她的话是对的就好了。她爱哥哥，她愿意哥哥永远是一个正确的人！

她走过去，在哥哥的胳膊上拉了拉，温柔地说："哥哥，你别计较我的话。只要你现在想通了，事情还来得及挽救。你找丽英谈一谈，看能不能叫她和高老师复婚……"

哥哥抬起头来，掏出手绢擦了擦自己的眼睛，说："我感到伤心的是，你竟然这样不理解我！我从小疼你，但你现在却一点也不体谅我！还给我心上扎刀子……我知道高广厚是个好人，但他的不幸不是我造成的。我现在是和一个离了婚的女人结婚，这有什么不道德！我求求你，好妹妹，你再不要说那些叫我难受的话了。我现在主要考虑，我和丽英结婚后，你在高庙怕有压力，是不是换个地方去教书……我求求你能理解我，我这也是为你好……"

"不！"她愤怒地打断他的话，"我就要在那里！"

她猛地转过身，几乎是跑着离开了体育场。

还没等卢若华回到家里，他的妹妹卢若琴就拿起了她的挂包，回高庙小学去了。

157

六

卢若琴在那条坑坑洼洼的简易公路上跌跌撞撞地走着。

傍晚的山野格外宁静。田野里一片碧绿,一片斑黄。乌黑的鸦群在收获过的豆田里来回觅食。公路边的崖畔上,淡蓝的野菊花正在蓬勃地开放着。空气里弥漫着庄稼的气息和雨后的腐霉味。风从大川道里吹过来,已经叫人感到凉丝丝的了。

卢若琴带着孩子气的圆脸上布满了阴云,眼角里时不时像豆子似的滚出一颗又一颗亮晶晶的泪珠来。

她走在这异乡的黄土路上,胸口像火烧般地烫热,鼻子一阵又一阵发酸。

她现在感到自己变成了一个真正的孤儿。一切依托都没有了,只留下自己孤孤单单一个人。

当人们看见自己所崇敬的人并不是想象的那么完美,尤其是当一个孩子看见自己所崇拜的大人暴露出可怕的缺陷时,那痛苦和伤心是无法用语言表达的,就好像整个世界都背叛了他。

可是,人也许正是在这个时候才开始真正认识世界,认识人生的。生活的教科书绝不像学校的课本那样单纯,它教人成长的方式往往是严酷的。

卢若琴在半路上揩干了眼泪。她决定不哭了。是的,哭又有什么用呢?爸爸妈妈死后,她都哭得死去活来,但他们还是死了。高考落榜后,她也哭了,但还是进不了大学门。眼泪改变不了现实。是的,她不应该再哭了。

不过,一切仍然是那么叫人痛苦。她感到她实际上失去了最后一个亲人。眼前这不幸的事虽然不是直接发生在她身上,却是她有生以来承受的最大的一次打击。

她万万没有想到,竟然是她亲爱的哥哥把高老师一家人弄得这么惨。

使她更难受的是,她觉得这里面也有她的因素:要不是她在高庙教书,哥哥也没理由经常来这里啊!

她现在才慢慢回想起哥哥每次到高庙小学的情景:他总是设法和丽英在一块说话;而且丽英每次见到哥哥的那种表情和眼神……可是,她当时怎么没有想到会是这么些事呢?(唉!你怎么能想到呢?你那纯净的心灵怎么可能朝这些地方想呢?再说,你对哥哥太信任了,几乎到了一种迷信的程度。)

是的,怎么能不信任他呢?他,那么老成持重,三十多岁,就当了县教育局副局长。就连县上的领导都那么喜欢和信任他,她怎么能不信任他呢?每次从他嘴巴里说出来的话,是那么有教养,那么有学问,那么入情入理……

现在,她心中的偶像一下子被打碎了!

快到学校的时候,她的腿软得没有了一点力气。一次巨大的感情激荡,比扛一天麻袋还消耗人的体力。

她坐在公路边的一块石头上,双手抱住膝盖,傻乎乎地望着黄昏中的远山,像一只迷了路的小山羊。

她闭住眼,静静地坐在那里。不知为什么,她一下子又想起了老家那无边无际的平原,平原上他们的镇子;想起了阳光下亮晶晶的铁路和月光下他们家那座油漆剥落的门……别了,亲爱的故乡!别了,无忧无虑的童年!

她坐了好一会,才站起来往前走。不远的地方就是她的学校:一长溜窑洞坐落在静悄悄的小山湾里,院畔上那棵岁月经久的老槐树,在黄昏中像一把巨伞似的耸立着。她望了一眼这亲切的地方,胸口不由一热。她加快了脚步,心里想:兵兵最好没睡着!她现在特别想在他的红脸蛋上亲一亲。

在上学校那个小土坡时,她突然想:她对高老师说不说丽英和哥哥结婚的事?她甚至专门站住想了一下。最后,她还是决定先不说。

她进了学校的院子,听见兵兵在没命地哭着。

她几乎是跑着向那孔亮着灯火的窑洞走去。

她猛地推开门,见老高正蹲在灶火圪崂里,一只手拉风箱,一只手抱着兵兵,嘴里近乎是央告着一些哄乖话。兵兵的小手揪着他的头发,连哭带叫:"我要妈妈!你把妈妈藏到哪儿了?……"

卢若琴的出现,显然使得这父子俩都感到惊讶。兵兵马上不哭了,瞪着两只泪汪汪的大眼睛望着她。高广厚停止了拉风箱,问:"你中午刚回家去,怎么又回来了?"

卢若琴惨淡地笑了笑,不知该怎么回答。

她索性不回答,先过去从老高的怀里接过兵兵,在他的沾满泪水的红脸蛋上亲了亲，然后把他放在炕上。

她从自己随身带的挂包里，先拿出一些糕点和一包酥炸花生豆（兵兵最爱吃的）让他吃，然后又拿出一辆红色的小汽车，上紧发条，让汽车在炕上"突突"地跑起来。这些都是她在县城里匆匆忙忙给兵兵买的。

兵兵立刻又笑又叫地和汽车玩起来。

高广厚站起来，搓着两只手，呆呆地看着这些。他厚嘴唇颤动着，不知说什么是好。半天，他才又一次问："你怎刚回去又返回来了？你哥也是一个人过日子，他工作又忙，还拉扯着孩子，你应该好好帮助他一下。唉，天下难不过我和你哥这号人……"他沮丧地叹了一口气。

泪水一下子模糊了卢若琴的眼睛。她低下头，竟然忍不住哭出声来。

高广厚一下子不知发生了什么事，急得两只手互相搓着，说："卢老师，怎么啦？你怎么啦？是不是你哥家里出了什么事？还是你有什么事？"他一边紧张地问着，一边用袖口揩着头上冒出的汗水。

卢若琴克制不住了，哭着说："高老师，丽英要和我哥结婚……我……都觉得没脸见你了……"

高广厚一下子呆了。

他麻木而痛苦地站着，两只眼睛像放大了瞳孔似的，看上去像个僵立的死人。

卢若琴一下伏在炕栏石上，哭得更厉害了。小兵兵却不管这些，在炕上拍着两只小胖手，高兴地喊叫着："嘟嘟嘟，汽车开过来了……"

高广厚一屁股坐在灶火圪捞的那个树根墩上,双手抱住脑袋,出气粗得像拉犁的牛一般。

他听见卢若琴止不住的哭声,又站起来,走到她跟前,沉重而缓慢地说:"小卢,你不要哭了。我知道,你长一颗好心。我虽然是个没本事人,但心眼还不是那么窄的。丽英既然和我离了婚,她总要寻男人的。你哥哥我知道,他是个有才能的人。只要丽英她跟着你哥过得畅快,我……"他哽咽了一下,"她可以忘了,只要她还记着兵兵……"他哽咽得说不下去了,只听见喉咙里"咯咯"地响着。

卢若琴停止了哭泣。她抬起头,望着这个结实得像庄稼人一样的男人,说:"高老师,你相信我,我以后在各方面都一定尽力帮助你……"

她回过头来,看见兵兵不知什么时候已经睡着了,两只小胖手还抱着那辆红色的小汽车。

她用手绢揩了揩自己脸上的泪痕,走过去拉了被子的一角,轻轻地盖在孩子的身上。

高广厚两只粗大的手在自己的胸脯上揉了揉,然后重新又坐在了炕火圪捞里,说:"让我做饭,你可能也没吃饭哩!……"

卢若琴不好意思地说:"就是的……我来和面,我那边还有些酱肉,我去拿……"

炭火在炉灶里燃起来了,"乒乒乓乓"的风箱声在静悄悄的夜里听起来格外响亮……

第二章

七

对于高广厚来说,最艰难的日子开始了。

实际上,在他三十三岁的生命历程中,欢乐的日子也并没有多少。

他刚降生到这个世界,父亲就瘫痪在炕上不能动了。

一家三口人的光景只靠母亲的两只手在土地上刨挖来维持。要不是新社会有政府救济,他们恐怕很难活下去。

他是听着父亲不断的呻吟和看着母亲不断的流泪而长大的。抑郁的性格和忍痛的品质从那时候就形成了。

在一个农家户里,一家人最重要的支撑是父亲。因为要在土地上生活,就得靠男人的力气。

可是他们家失去了这个支撑。那个不能尽自己责任的男人看见他们娘儿俩受苦可怜,急得在炕上捶胸嚎啕,或者歇斯底里地发作,多少次想法子寻死。母亲跪在父亲面前,央告他千万不能寻短见;要他眼看着他们的广厚长大成人。

他就在这样的家境中一天天长大了。

刚强的母亲不让他劳动,发誓要供他上学,叫他成为高家祖宗几代第一个先生。

几乎一直在饥饿的情况下,他用最勤奋的劲头读书,在一九六六年初中毕业了。为了早一点参加工作,养活父母,他不上高中,报考了中专,以优异的成绩被省航空机械学校录取。

他把录取通知书拿回家后,不识字的父亲把这张亲爱的小纸片,举到灯下,不知看了多少遍。一家三口人都乐得合不拢嘴巴。十几年不能下炕的父亲几乎高兴得要站起来了。

可是,命运最爱捉弄不幸的人。"文化大革命"开始了。一切都不算了。录取通知书成了一钱不值的废纸。

学校乱了。社会乱了。武斗的枪炮声把城市和乡村都变成了恐怖的战场。

他只好垂头丧气地回了家。他胆小,没勇气去参加你死我活的斗争。

他并不为此而过分地难过。不论怎样说,他终于长大了。他可以在土地上开始用力气来扛起沉重的家庭负担,父母亲都已经年迈了,可怜的母亲在土地上挣扎不行了。

不久以后,父亲去世了。他是一个孝子,借了一河滩账债,按乡俗隆重地举行了葬礼。他再不让母亲去下地。他像一个成熟的庄稼人那样,开始了土地上的辛劳。

像牛一样,一干就是十来年。几乎本村的人都忘了他还是个中学毕业生。直到他的一个同学在公社当了副主任,才发现他还在农村。念老同学之情,把他推荐到了地区师范学校。

在地区师范,他立刻成为他那一级学得最好的学生。毕业时,学校要他留校教书。但他拒绝了，他要回来孝敬母亲。

就这样，他来到离家只有十来里路的高庙小学当了教师。他爱这个事业，他爱他的学生娃们；他不幸的童年生活使他有一种强烈的责任心，想把这些农村娃娃都培养成优秀的人。

婚姻在二十七岁时才被提到日程上。不是他要做"晚婚模范"，而是他在这方面有自卑感。由于他的寒酸，由于他的郁闷的性格，没有多少女孩子垂青他。他也曾暗暗爱过一两个姑娘。但他知道她们对他来说，都是云雾中的仙女，可想而不可即。

直到那年秋天，别人把丽英介绍给他，他才第一次和女人谈恋爱。丽英的漂亮在他看来简直是仙女下了凡；她的光彩晃得他连眼睛都睁不开。他觉得能和这样一个女人生活简直是一件不可思议的事。他听人说，丽英原来想找个体面的"公家人"，但她没工作，又是农村户口，找不到合适的，最后只好"屈驾"了，看上了他这个"不太体面"的公家人。

高广厚尽管知道是这样，但他在内心里发疯似的爱上了这个女人。

在婚后的生活中，尽管在一般人看来，那个女人给他的温暖太少了，但他已经心满意足。不管怎样，他已经有了妻子，而且是一个多么漂亮的妻子啊！

尤其是生下兵兵后，他觉得他幸福极了。他不仅有了妻子，而且有了儿子，而且是一个多么漂亮的儿子啊！

平时丽英怎样对他不好，他都在心里热烈地爱着她。她就是他的天——不管是刮黄风还是下冰雹，他都愿意生活在这天下！

就说现在吧,这个女人已经离开了他,将要跟另一个男人去了,他仍然在内心里对她保持着一种痛苦的恋情。他恨她,又不忍恨下去——这实在没有办法。人们啊,不要责怪他吧!在我们所有人的身上,或多或少都会有一些看起来近似于没出息的东西。也许这不应该说成是高广厚的缺点,而恰恰说明这个人有一颗多么赤诚的心!

正因为如此,高广厚此刻的痛苦是剧烈的。只不过他是一个性格内涵很深的人,把所有的苦水都咽在肚子里,尽量不让翻腾出来。

丽英给他精神上留下了巨大的空虚。他已经习惯于她的骂骂咧咧;习惯于在她制造的那种紧张空气中生活。

现在这一切戛然而止。

更可怕的是,他自己可以忍受失去妻子的痛苦,但他受不了兵兵失去母亲的痛苦。可怜的孩子,他太小了!他又太敏感了!他那可爱的大眼睛似乎已经看出了这世界有某种不幸降临在他的头上。

好在有个卢若琴!她像数九寒天的火炉子给父子俩带来了一些温暖。他觉得她就像宗教神话中上帝所派来的天使。高广厚一想起卢若琴对待他父子俩的好心,就想哭鼻子。这个操着外路口音的女娃娃,有一颗多么善良的心!

生活往往是不平衡的,它常常让人丧失一些最宝贵的支撑。但生活又往往是平衡的——在人们失去了一些东西后,说不定又有新的东西从另外的地方给予弥补。

八

卢若琴不幸，高广厚不幸，实际上，最不幸的是小兵兵。

四岁，这是一个最需要母亲爱抚的年龄。对于一个孩子来说，谁的爱也代替不了母爱。

从这一点说，丽英是有罪过的。她追求自己的幸福可以无所顾忌。但她对孩子的这种狠心态度是不能令人容忍的。

兵兵越来越明白，他的妈妈再也不来爱他了。

但他又不明白为什么没有妈妈了。他整天问高广厚要妈妈，似乎妈妈被爸爸藏到什么地方去了。他急得用手揪高广厚的头发；恨得用两排白白的小牙齿咬高广厚的手，像小狗一样呜呜直叫。

高广厚只好哭丧着脸乖哄他，说妈妈晚上就回来呀。

开始的时候，孩子相信这是真的。

每当太阳落山的时候，这小东西就静悄悄地站在学校的院畔上，向一切有路的地方张望。一直到天色暗下来，他彻底绝望了，就"哇"的一声哭了。

高广厚往往这时正在窑里做饭，听见孩子的哭声，赶忙掂着两只面手跑出来，把儿子抱回去，放到炕上，用那说了多少遍的老话乖哄他。

一切都无济于事了！孩子发现父亲是个骗子。他哭得更伤心了。高广厚满头热汗直淌，想不出更好的办法使儿子平静下来。

他看见可怜的儿子伤心地啼哭,心像刀扎一般难受。这样的时候,他就立刻变成了一个神经病人,用手狠狠揪自己的头发,拧自己脸上的肉,龇牙咧嘴,发出一些古怪的、痛苦的呻吟。

　　兵兵看见他这副模样,就像看见了魔鬼一样,顾不得哭了,瞪起惊慌的眼睛,恐怖地大声嘶叫起来。

　　高广厚一看他把孩子吓成这个样子,浑身又冷汗直冒。他立刻强迫自己破涕为笑,赶忙趴在地上,"汪汪汪"地学狗叫唤;挺起肚子学猪八戒走路;他嬉皮笑脸,即刻就把自己完全变成了一个小丑。

　　但这仍然不能使兵兵平息下来,他反而吓得没命地号叫起来。

　　高广厚只好破门而出,去向卢若琴求救——他怕把孩子闹出病来。

　　他来到卢若琴门上,用袖口揩掉脸上的汗水,像一个叫花子一样,难为情地轻轻叫道:"卢老师,打扰你一下,过来哄哄兵兵……"

　　卢若琴这时会丢下最要紧的事,跑过来了。

　　后来,每当这样的时候,不等高广厚去叫,卢若琴就自己跑过来了。有时候,她一进门,发现老高正趴在地上学狗叫,两个人便一下子窘迫得不知如何是好。

　　当然,这时也是兵兵最得意的时候,他立刻不哭了,并且向卢姑姑夸耀:"爸爸还会学猪八戒走路哩……"

　　两个大人只好尴尬地笑一笑。卢若琴很快抱起兵兵,给他去洗脸,然后她用红线绳给兵兵头上扎一个羊角辫,把他抱在镜子面前,让他看见自己变成了女孩子,把他逗得笑个不停。

　　高广厚这时就像一个刚释放了的犯人一样,感到一身的轻快。他赶快开始做晚饭。他做饭又快又好，技术比卢若琴都高明——这是丽英造就的。

饭做好后，高广厚一边吃，一边还得抓紧时间给学生改作业，筷子和笔在手里轮流使用。卢若琴已经吃过饭了，就帮着喂兵兵吃。

晚上，兵兵如果在卢若琴的怀里睡着了，她就给他铺好被褥，安顿他舒舒服服睡下。如果他哭闹着不睡，她就把他抱到自己窑里，和他一块玩游戏，给他教简单的英语，认字，读拼音。她想给老高腾出一点时间，让他备课，让他休息一下。

高广厚经常被卢若琴关怀他的心所感动。但这个厚道人不会用言语表达自己感激的心情。他只是用各种办法给她一些实际的帮助。她生活中的一切笨重活计他都包了，担水，劈柴，买粮，磨面，背炭……有一次，卢若琴病了，他听老乡说山里有一种草能治这病，他就上山下坡去寻这种草。这草往往长在高崖险畔上，他冒险爬上去拔，晚上回来跌得鼻青眼肿，但他心里是乐意的……

高广厚顽强地支撑着每一天的生活。高庙和舍科村的老百姓都很关心这个苦命先生。他这几年把两个小山村的孩子一个个调教得比县城里的娃娃都灵醒。孩子们小学毕业后，几乎没有考不上中学的。他们感谢他，经常让自己的娃娃给高老师和卢老师拿吃拿喝。

听说高老师的老婆离婚后，好心的庄稼人纷纷劝解他再找一个，并且还跑到门上给他介绍对象。但高广厚都苦笑着摇头拒绝了。他不愿给兵兵找个后妈。他怕孩子受委屈。而最根本的是，丽英虽然离开了他，但她仍然没有从他的心里抹掉。他眷恋那个在众人看来并不美满的过去的家庭。总之，他现在没有心思另找一个妻子。

九

这是秋季阳光灿烂的一天。阴雨过后的大地已经不再是湿漉漉的了。田野里浓绿的色调，在不知不觉中已经变成斑黄或者橙红。

学校附近的山洼里，玉米早已经收获了，掰过穗的秆子，又被农人割去了梢子喂养大牲口，眼下只留下一些干枯的高茬。糜谷正在趋于成熟，一片鲜黄中带着一抹嫩绿色。高粱泛红了，与枯干了的焦黑色的豆田夹在一起，显得特别惹眼。秋天的景致如果遇上个好天气，会给人一种非常明朗愉快的感觉。

高广厚今天的心情也不错。中午，他把多时没刮的胡楂收拾了一下，抱起把扫帚，把学校院子打扫得干干净净。

国庆节就要到了，卢老师要给孩子们在院子里排练文艺节目。他特别喜欢看孩子们在干干净净的院子里跳舞唱歌。他自己在文娱方面可是个没出息的人。这不是说他不会唱歌，其实他的男中音还是相当好听的：音色纯净而深沉，透露出他对音乐内涵有着很不一般的理解。只不过他天生的害臊，又加上心情不好，平时很少张嘴唱歌。高庙小学前几年教学质量在全县是很有名气的，可文娱方面实在差劲。

现在好！来了个卢若琴，又能唱歌，又能编舞。他俩商量，今年国庆节里要组织孩子们好好开个文艺晚会，到时还准备让附近村里的老乡们来看呢。

若琴最近热心地为这件事忙着。她每天下午都要在院子里给孩子们排练节目，学校在这段时间里热闹极了。这场面也把小兵兵高兴坏了！他在学生娃们中间乱跑乱叫乱跳，小脸蛋乐得像一朵喇叭花。高广厚看了这情景，心里热烫烫的。他每天中午也不休息，提前把院子扫得一干二净。在这无限美妙的下午，他总要搬个小凳，坐在阳光下，一边看若琴、学生娃和小兵兵唱歌跳舞，一边高兴得咧嘴笑着，用手指头去摸眼角渗出的泪水……

今天是星期六。下午，这醉心的一刻又开始了。

先是高年级学生的大合唱：《我们的生活充满阳光》。卢若琴两条健美的胳膊在有力地挥动着打拍子。孩子们按要求，都庄严地把胳膊抄到背后，兴奋地张大嘴巴唱着。他们无疑理解了这首歌，一开始就进入了音乐所创造的境界里；激情从内心里流露出来，洋溢在一张张稚气的脸上；头部和身体都按捺不住地微微摆动着。

高广厚自己也忍不住随着卢若琴的拍子，身体微微摇动起来，并且不由得在心里哼起了这首歌子。这一刹那间，他额头的那三条皱纹不见了；刮得光净的脸上，也露出了一些年轻人应该有的那种青春的光彩。的确，他在这一刻里忘记了生活中还有忧愁。

大合唱正在热烈地进入到尾声部分。孩子们就像赛跑要冲向终点那样，激动使他们不由得加快了节奏。

卢若琴打拍子的胳膊，像艄公在纠正偏离航线的船只一样，吃力而沉重地想要把这不听话的声音，重新纳入到她的节奏中来。

但这声音就像脱缰的马群一样失去了控制。她只好无可奈何地笑着摇摇头，投降了，让自己的拍子随着孩子们的歌声进行。高广厚忍不住笑了，自己也不知道什么时候激动得从小凳子上站了起来，并且向孩子们那里走去。

正在这热烈的气氛达到高潮的时候，在旁边看热闹的小兵兵，突然迈着两条小胖腿跑进场，一把抱住卢若琴的腿，大喊了一声："妈妈！"

大合唱的声音突然变成了"哗"一声大笑，就像一堵墙壁陡然间倒塌了……

血"轰"一下冲上了高广厚的头。紧接着，又像谁用鞭子在他的脖颈上猛抽一下。他的心缩成一团，浑身冷汗直冒，脸霎时变得像一张白纸。

他一下子呆住了。

他半天都不知道自己该怎么办。天啊，这个小坏蛋怎么会对卢若琴喊出这样两个可怕的字来！

学生娃们都在"咪咪"地窃笑着。而那个不懂事的顽皮的"小坏蛋"，仍然抱着卢若琴的腿，并且又喊了一声："妈妈……"

卢若琴脸红得像渗出血来。她无力地抱起小兵兵，几乎是哭一般问："兵兵，谁让你说这话？哪个坏蛋让你说……"她一下子难受得说不下去了。

高广厚对学生娃们挥挥手，嗓子沙哑地说："现在放学了，大家都回家去……"

他迈着两条哆嗦的腿走过来，抱起兵兵，一言不发地回自己的窑里去了。

他进了窑洞，用哆嗦的手关住门，然后瞪着一双可怕的眼睛问儿子："谁叫你喊卢姑姑是妈妈？"

小兵兵龇牙咧嘴地笑着，喊道："我不怕你！村里的叔叔说的，卢姑姑是妈妈！就是的！"

啪！啪！啪！高广厚粗大的手，狠狠地朝兵兵的屁股上打下去了！

这是他第一次打他亲爱的儿子！

孩子一声哭出来后，就再也没收回去。他的小脸顿时变得煞白，可怕地颤动着的乌黑的嘴唇僵在了那里！

高广厚猛一下抱起这个抽搐成一团的小小的躯体，恐怖地大声喊："兵兵！兵兵！兵兵！……"

当孩子终于哭出声来时，他一下子瘫倒在了地上，抱住头，像牛一样嚎叫了一声！

此刻，在另一孔窑洞里，卢若琴也关住门，伏在桌子上嘤嘤地啜泣着……

十

灾难又一次打倒了高广厚。

不幸的人！他脸上好不容易出现了一丝笑影，这下子又被谣言的黑霜打落了。

这是哪一个恶毒的人在践踏善良人的心呢？

高广厚自己并不想查问这个谣言的制造者。

生活中总有那么一些人，怀着刻毒的心理来摧残美好的东西。这些人就是在走路的时候，也要专门踩踏路边一朵好看的花或一棵鲜嫩的草。他们自己的心已经被黑色的幔帐遮盖了，因而容不得一缕明亮的光线。

这个被生活又一次击倒的人，现在主要考虑的是：这种可怕的谣言大概已经广泛地传播开来，后壁那个不到二十岁的姑娘怎么能承受得了这种可怕的压力？

他现在把自己恨得咬牙切齿：是他害了那个一心为他的人！

他恨自己的无能，恨自己的窝囊，恨自己没有一点男子汉的味道！

怎么办？他不断地问自己。

天已经黑严了。他摸索着点亮了炕头的煤油灯。

兵兵不知是什么时候停止哭声的，现在满脸泪迹，已经躺在炕上睡着了。窑里和外面的世界都陷入到了一片荒漠的寂静中。只有桌子上那只小闹钟的长秒针在不慌不忙地走着，响着滴滴答答的声音。

高广厚抬起沉重的头，两只眼睛忧伤地看着熟睡中的小兵兵。

他用粗大的手掌轻轻抚摸着儿子的头，把披在他额头上的一绺汗津津的头发撩上去。他难受地咽着唾沫，像一个农村老太太一样，嘴里喃喃地絮叨着："我的苦命娃娃，你为什么投生到这里来呢？……"

他感到头疼得像要裂开一样，就脱了鞋，上了炕，和衣躺在儿子的身边。

他拉过被子的一角，给兵兵盖在身上，吹灭了炕头上的煤油灯，就睡在了一片黑暗中。父子俩下午连一口饭也没吃，但他不饿，他想起应该给兵兵吃点什么，又不忍心叫醒孩子。

他闭住眼睛躺在炕上，盘算他怎样摆脱眼前这困难的处境。他想他今晚上一定要想出一个办法来。这不是为了解脱他自己，而是他要让自己的良心对得起卢若琴！

他迷迷糊糊的，不知是在醒着的时候，还是在睡梦中，他觉得他已经想好了明天起来做什么……

第二天是星期天。一大早，高广厚先做好饭。他自己没吃多少，主要是给兵兵喂。

他随后就抱着孩子，到学校前面的舍科村去了。

他到了一家姓张的家里。他已经教过这家人的几个孩子，现在也有一个孩子在四年级。平时他和这家人交往比较多。他和这家人商量：他父子俩能不能借他家一孔窑洞住？并且白天他要把兵兵寄放在这里。这家人有个六十多岁的老奶奶，他商量着能否白天给他看娃娃，晚上回来就由他管。连房租和看孩子，他准备每月付十五元钱。

老张一家十分厚道，都说怎能收高老师的钱呢。房子他尽管住；娃娃放下，他们尽力照顾。

这事情很快就说妥了。他然后又跑到几个高年级女生的家里，给学生和他们的家长做工作，说他要到寄放兵兵的地方去住，学校偏僻，让这几个女学生晚上到学校和卢老师住在一块。

家长和孩子们都很高兴。她们都说跟卢老师住在一块，还能在她那里多学些文理呢。

事情全说妥当后，高广厚抱着兵兵宽慰地回到学校。他想他早应该这样做了。如果早一点，说不定会惹不出那些闲言闲语。

到学校后，他先没回自己的窑洞，直接去找卢若琴。他用很简短的话，说他从今天起，准备搬到舍科村去住；另外将有几个女生来给她做伴，这已经都说好了。

"为什么这样呢？"她像一只受过惊吓的小鸟，惴惴不安地看着他。她犹豫了一下，从地上抱起小兵兵，在他脸上亲了亲。

"姑姑，我再不叫你妈妈了……"兵兵用小胖手摸着她的脸，说。

这句话一下子又使两个大人陷入了一种极其尴尬的境地。

卢若琴的脸"刷"一下又红了。

高广厚沉重地低下了头，说："若琴，我把你害苦了……我再不能叫你受冤屈了。要不，你干脆回去找一下你哥哥，给你另寻个学校……"

"不，"卢若琴一下子变得镇定了，"别人愿意怎说让他说去！人常说，行得端，立得正，不怕半夜鬼敲门！"

"可我心里受不了。我不愿意你受这委屈。先不管怎样，我今天下午就搬到舍科村去住……"

卢若琴一句话也说不出来了。她一只手抱着兵兵，另一只手掏出手绢，不断地擦自己眼里涌出的泪水……

十一

高广厚搬到舍科村住了。

每天早晨，高广厚在离开这家人的院子时，兵兵就没命地哭着撵他。可怜的孩子已经失去了妈妈，他生怕亲爱的爸爸也会像妈妈一样离开他。

高广厚常常是红着眼圈到学校去的。他能体谅到孩子的心情。

以后，他就起得很早，趁兵兵没睡醒的时候离开他。

卢若琴想念小兵兵，她要去看他时，被高广厚阻挡了。他怕这样一来，前后村子的庄稼人更要说闲话。

三个人都被窒息到了一种令人压抑的气氛中。对于男女之间正常的交往所表现出来的那种粗俗的观念，在我们的社会是一种常见的现象。即使某些有文化的人也摆脱不了这种习惯，更何况偏僻山村里大字不识一个的农民。

也许文化教育的普及和提高最终会克服这些落后的习俗，使我们整个的社会生活变得更文明些。作为教师，高广厚和卢若琴他们认识到这一点了吗？

也许他们还没有这样考虑他们的职责和使命，但他们确实用自己的心血尽力教好这几十个娃娃。

这样的山区小学，一年的教育经费没几个钱，要搞个什么活动都不容易，有时候要订几本杂志都很困难。卢若琴就用她自己的一部分工资，给孩子们买了许多儿童读物，在一孔闲窑里办起了一个小小的图书室，把孩子们吸引得连星期天也都跑到学校里来了。

为了有一点额外收入，高广厚决定利用课余时间，带孩子们烧一窑石灰卖点钱。他听人说，一窑灰可以卖三四百元钱。这不要多少本钱。烧石灰的礓石河滩里到处都是，充其量，花钱买一点石炭就行了。

至于柴火,他和孩子们可以上山去砍。

两个村子的领导人都支持他们这样做,并且出钱给他们买了石炭,还给他们挖好了烧灰窑。

礓石捡齐备后,高广厚就带着一群高年级的学生上山去打柴。卢若琴也要去,但他坚决不让。她在平原上长大,不习惯爬山,他怕她有什么闪失。他让她在学校给低年级学生上课。

这一天下午,高广厚像前几天一样,带着十几个大点的学生到学校对面的山上去砍柴。

干农活,高广厚不在话下。他很快就砍好了一捆柴。接着他又砍了一捆——准备明天早上他来背。农村的学生娃娃从小就砍柴劳动,干这活对他们来说,简直是一件很乐意的事,就像城里的学生去郊游一样。

太阳落山前后,这支队伍沿着弯弯曲曲的山路一溜排下沟了,每个人都沉甸甸地背负着自己一下午砍来的收获。孩子们不觉得劳累,背着柴还咿咿呀呀地唱歌。高广厚走在最后边。他不时吆喝着,让孩子们走路小心一点儿。

当高广厚和孩子回到学校时,低年级的学生娃娃早已经放学了。

他打发走了砍柴的孩子们,用袖口揩了脸上的汗水,去看了看教室的门窗是否关严实了。

他走到卢若琴门前时,发现她门上吊把锁。她上哪儿去了?这个时候,卢老师一般都在家。他想和她商量点事。

正好有个低年级的学生娃在学校下边的公路上玩。他问这娃娃:

卢老师到什么地方去了?

小孩子告诉他说,卢老师到前面村子的那条沟里砍柴去了。

高广厚的心一下子"怦怦"地急跳起来。啊呀,现在天已经黑严了,她不习惯这里的山路,万一出个事怎办呀!

他问这娃娃卢老师是什么时候走的,娃娃说卢老师一放学就走了。

高广厚紧闭住嘴巴,扯开大步,向舍科村那条大沟里走去。

路过他寄居的那家人的坡底下,他也没顾上回去打个招呼,径直向后沟里走。

天已经完全黑下来了。高广厚忘了他此刻又饿又累,在那条他也不太熟悉的山路上碰碰磕磕地走着。

他心急如火,眼睛在前面的一片黑暗中紧张地搜索着。他多么希望卢若琴一下子出现在面前!

已经快走到沟掌了,还是不见卢若琴的踪影。他于是就大声喊叫起来:"卢老师——"

他的叫喊声在空旷而黑暗的深沟里回荡着,但没有传来任何一点回音。

高广厚站在黑暗中,紧张得浑身淌着汗水,不知如何是好。

他马上决定:赶快回村子,再叫上一些庄稼人,和他一起分头去找卢老师。

他像一团旋风似的转过身,蹽开两条长腿,向村里跑去了。

十二

高广厚快步跑着回到了村子里。

他想他先应该给寄放兵兵的那家人招呼一下,说他要去寻找卢老师,晚上说不定什么时间才能回来。

他气喘吁吁地进了这家人的院子,一把推开窑门。

他一下子愣在门口了。

他看见:卢若琴正跪在铺着肮脏席片的土炕上,让兵兵在她背上"骑马"哩。两个人都乐得哈哈大笑,连他推门都没发现。

高广厚鼻子一酸,嗓子沙哑地说:"卢老师,你在这里呢!"

这一大一小听见他说,才一齐回过头来。

卢若琴坐在了炕上,小兵兵撒娇地挤在她怀里,搂住她的脖颈,小脑袋在她的下巴上磕着。

她问他:"你怎这时候才回来?你看看,这家人都下地收豆子去了,就把兵兵拴在那里!"她指着脚地上的一个木桩和一条麻绳,难过地说:"我来时,兵兵腰里拴一根绳子,嚎着满地转圈圈,就像一只可怜的小狗……高老师,兵兵这样太可怜了,你们还是搬到学校里去住,我帮你带他……"

高广厚把胸腔里翻上来的一种难受的味道,拼命地咽回到了肚子里。他用汗津津的手掌揩了一下汗泥脸,没回答她刚才的话,说:"我听说你到这后沟里砍柴去了,怕你有个闪失,刚去找你,没找见;想不到你在这……卢老师,以后你千万不要一个人出山,听说山里有狼……"

卢若琴笑了，说："我天一黑就回来了，我想看看山沟里的景致，顺便也试着看会不会砍柴。结果绊了几跤，砍得还不够五斤柴！我返回时，听说你们父子俩就住在这上边。我好多天没见兵兵了，就跑到这里来了。高老师，你不能这样叫兵兵受委屈了！我今晚上就把兵兵抱到我那里去呀！兵兵，你跟不跟姑姑去？"她低下头问兵兵。

"我去！我就要去！"他噘着小嘴说，并且很快两条胖胳膊紧紧地搂住了卢若琴的脖颈。

"高老师，你就让兵兵今晚跟我去吧？"她执拗地等待他回答。

高广厚再能说什么呢？他的两片厚嘴唇剧烈地嚅动了几下，说："那……让我送你们去……"

卢若琴随即抱起小兵兵下了炕。

到了院子的时候，卢若琴对高广厚说："你把我砍的那点柴带上。就在那边的鸡窝上放着……"

高广厚走过去，像抱一种什么珍贵物品似的，小心翼翼地抱起那点柴火，就和卢若琴出了院子，下了小土坡，顺着简易公路向学校走去。

快要满圆的月亮挂在暗蓝的天幕上，静静地照耀着这三个走路的人。公路下边的小河水发出朗朗的声响，唱着一支永不疲倦的歌。晚风带着秋天的凉意，带着苦艾和干草的新鲜味道扑面而来，叫人感到舒心爽气……

就这样，过了几天以后，高广厚和兵兵又回到学校去住了。高广厚心疼孩子的处境，加上卢若琴一再劝说，他也就不管社会的舆论了。他也相信卢若琴的话，行得端，立得正，不怕半夜鬼敲门！让那些不

181

光明的人去嚼他们的烂舌头吧,他高广厚没做什么伤天害理的事!

在国庆节的前两天,卢若琴突然拿着一封信来找高广厚。

她为难了老半天,才吞吞吐吐说:"高老师,丽英给我写了一封信……说她想兵兵。她说如果你愿意的话,她让我国庆节把兵兵带到城里去……她说我哥也愿意……"

高广厚一下子瓷在了那里。他很快扭过头去,望着墙壁的一个地方,半天也没说一句话。

卢若琴把信递过去。他没接,说:"我不看了……"

卢若琴看见高广厚这情景,自己一下也不知如何是好了,站在那里,低头抠手指头。

院子里传来兵兵淘气的喊声,使得窑里这沉闷的空气变得更难让人忍受。

高广厚心里像打翻了五味瓶,不知道自己心里此刻翻上来了多少滋味。过去的一切又立即在心中激荡起来。

现在更叫他感到酸楚的是,那个抛弃了他的女人,现在还想念着兵兵!

是的,他是他们共同创造的生命。这生命仍然牵动着两颗离异了的心。

他听着兵兵在院子里淘气的说话声,眼前又不由得闪现出丽英那张熟悉而又陌生了的脸……

当他回过头来,看见卢若琴还惶恐地站在那里抠手指头。

他对她说:"你去问问兵兵,看他愿不愿去?"

他知道兵兵会说去的。不知为什么,他也希望他说去。但不论怎样,这件事他要征求儿子的意见。

卢若琴出去了。他赶忙用手绢揩了揩眼角。兵兵拉着卢若琴的手破门而入。他兴奋地喊叫着说:"爸爸!爸爸!姑姑带我去找妈妈!爸爸,咱们什么时候走?快说嘛!"

高广厚眼里含着泪水,过来用两条长胳膊抱起儿子,在他的脸蛋上吻了吻,说:"你跟姑姑去吧,爸爸不去了……"

第三章

十三

刘丽英重新结婚后,完全陶醉在一种叫她新奇的幸福之中。

这个漂亮而好强的女人,对现在的生活很满足。她的体面的新丈夫很快就把她安排到城关幼儿园当教师了。

由于她丈夫卢若华是县教育局副局长,她的同事都很尊重或者说都很巴结她。她觉得现在生活才算和她相匹配了。

这一切是她以前睡觉时梦见过的。现在都变成了现实。而过去的现实生活,她现在觉得那一切倒好像是一场梦。

高广厚,一个乡下的穷酸先生,老实得叫人难受,安分得叫人讨厌。她寻了他这个男人,常在众人面前连头也不敢抬。她当年之所以和这个男人结婚,纯粹是因为他还算吃一碗公家饭,听起来名声好听一些,说她寻了个吃国库粮的女婿。要不,她才不会跟他呢!

她一想起和高广厚生活的几年,就感到委屈极了。那是个什么家呀!什么东西也置办不起。她天生爱穿着打扮,可要买一件时新衣裳,常常得受几个月的穷,全靠牙缝里省出来的那点钱来满足她的虚荣。每逢赶集上会,她常看见一些农民媳妇的衣裳都比她的水平高。她自怨命薄;她和谁也比不过。唯一可以骄傲的是,她天生的漂亮,这可以掩饰一下她穿戴方面的寒酸。

她常想:如果她有一个像样的男人,再加上她的出众的容貌,她会在这个世界面前多荣耀啊!郎才女貌,夫荣妻贵,古书上的这些话说得实在对!

她因此而愤恨过去的那个没出息的男人,感到自己是"鲜花插在了牛粪上"。

但当时不论怎样,那一切似乎是无法改变的。她自己的"门第"也不高。父母亲都是农民,老实得像高广厚一样;家里弟兄姐妹一大群,光景也很贫寒。尽管她从小就是他们家的"女皇",他们也只能凑凑合合地把她供养到初中。她的所有兄弟姐妹没一个上学的——因为供养不起。父母亲看重她的聪明和人样,全力以赴重点保证她;希望她能给刘家的门上带来一些光彩。

她是六八届的初中学生。刚上初中不久,"文化大革命"就开始了。她喜欢这场热闹的革命,可以借此出一下风头。当然,她还不敢学习聂元梓和韩爱晶,当个什么头头。她有她的特长:跳两下唱两声还是可以的。因此她参加了派性文艺宣传队,并且成了主要女演员,整天给"武卫"战士慰问演出。后来,武斗激烈了,"战友"们被"敌人"打出了县城,他们的宣传队解散了。男的扛起枪"闹革命"去了,女的都各自回了家。

他们家和她的理想都被社会的大动荡扑灭了。

她在农村一呆就是好几年。后来,年龄眼看大了,既参加不了工作,又寻不到一个像样的女婿——农民她看不上,干部又看不上她。最后经人介绍,就马马虎虎和高广厚结了婚。结婚后她才知道,高广厚也是县中的,但她在学校时好像从来没见过这个人。

结婚不久,她就发现她的丈夫是一个"相当窝囊"的人。她也试图教导他开展一些。无非是让他多往公社和县文教局(那时文化教育没分开)的领导家里跑。她甚至通过关系,想办法让他和县委的领导也拉扯着认识。但高广厚在这方面太平庸了!太死板了!有时还没农村那些有本事的大队书记活套。的确,她娘家那面川里有个高家村,那村里的大队书记叫高明楼,在公社和县上都踩得地皮响!

她曾经想过要和高广厚离婚。但她也明白自己的"价值"。一个没工作的农村户口的女人,又结过婚,就是风韵未减,也还能寻个什么样的男人呢?尤其是生下兵兵后,她基本上也就死了心;她把她的全部感情都倾注到了孩子的身上。她对这一切也习惯了。尽管对高广厚不太满意,但她尽量像一个妻子那样对待他了。当然,高广厚身上也有些叫她满意的地方。他人诚实,对她爱得很实心;尽管长相不太漂亮,但身体强壮有力。生活的情趣少些,但他那肌肉结实的胸脯也曾让她感受过男人的温暖。在她情绪好的时候，性生活也是能满意的。亲爱的兵兵出世后，她甚至开始对他产生了某种温柔的感情。孩子使她的心渐渐向他靠拢了一些；有时她还忍不住主动对他表示一下亲热——可是，每当这样的时候，平时缺乏感情的高广厚就加倍地给她热情，像疯了似的，她就又反感了。

不管怎样，看来他们的夫妻生活还是能过下去的。尤其是兵兵越来越逗人喜爱了——这小东西终究是他们两个的……

可是，猛然间出现了卢若华。

自从卢副局长出现在她面前后，她的心一下子就乱了。她是个极敏感的人，第一眼就看出他喜欢她。当她知道了他现在是个单身的男人后，精神上那封闭了的火山口又开始咝咝地冒烟了。

老卢利用看若琴做借口，经常往高庙小学跑。当然，她知道，他更主要是来看她的。

他们很快就接近了——这是不用过多语言的。这个人对她的吸引力是强大的。他这么年轻，就当个副局长！副局长，虽带个"副"字，但在这个偏僻的县城里，权力可不小，全县所有的学校都归他领导！他还是一个大学毕业生，长相标致，风度翩翩，到处都被人尊敬。以前，丽英根本不敢梦想她能和这样的男人一块生活。现在一旦有了这种希望，她想自己就是付出任何代价和牺牲，也要让它变成现实！

唯一使她痛苦的是兵兵。她从老卢那里感觉到，他不愿意接受这个孩子。可是，这孩子是她心头的一块肉啊！

她泪水模糊地不知想了多少次，最后还是自己说服了自己：孩子将来自有孩子的幸福，而她自己的幸福若是错过这次机会，也许今生再不会有了……

他们两个的感情含蓄地进行到一定的时候，丽英毫不犹豫地提出要跟他一块生活。但他没有正面回答她。

丽英是聪敏人。她理解他的难处。显然，由于社会地位，他不能承担破坏别人家庭的罪名。

勇敢的女人立刻主动采取行动，先和高广厚离婚。为了让这男人接受她，她终于忍痛把孩子也扔下不要了——一个发了疯的女人，在此刻是相当能下狠心的，尽管这颗苦果子她今后还得吃个没完。

在大马河川刘家渠村的娘家门上，她耐心地等待由于离婚在熟人中间引起的舆论平息下去。在人们几乎不注意她的时候，她才无声无息地和卢若华结了婚。除过老卢的妹妹和她原来的男人，现在社会上大概谁也不知道，她是在没有离婚的时候，就和卢若华相好了。这对新夫妇婚后的第一个晚上，就是为他们的这个成功的计谋，互相吹捧了一番对方的沉着或者机敏。

就这样，一个乡下小学教师的妻子，立即变成了县教育局副局长的夫人。

刘丽英感到世界一下子在她的眼里变得辉煌起来了。

十四

的确，和过去相比，丽英简直变成了另外一个人。

她容光焕发，爱说爱笑，走路轻捷而富有弹性，很少有恼火的时候，就像她当年在派性文艺宣传队一样。

她对卢若华有一种敬畏，觉得他是那么高深。她在他面前感到胆怯和拘束；时刻意识到他不仅是个丈夫，也是个领导。她炒菜做饭，生怕卢若华不爱吃。对待他前妻留下的独生女玲玲，她也尽量使她满意——她关心她，绝不像个母亲，也不像个阿姨；好像玲玲也是个什么高贵的人，她都得小心翼翼地对待。

这个家在物质方面当然是富裕而舒适的。别说其他，三个人光被子就有十来条。时兴家具也齐备："红灯"牌收音机，"日立"牌电视机……每天晚饭后，卢若华在另外一个屋子里和来串门的中层领导干部闲谈，她就一边打毛衣，一边坐在沙发上看电视。如果来个县长或书记什么的，她就会像一个优秀的家庭妇女一样，热情而彬彬有礼地沏茶，敬烟，一切都做得很得体。不用说，卢若华对她满意极了。

老卢经常请县上一些重要人物来家里喝酒吃饭，不是这个局长，就是那个部长。丽英买了一本"菜谱"书，用她的聪敏的才智，很快学会了做各式各样的菜。老卢那些吃得吧咂着嘴的朋友们，先夸菜，后夸丽英，都说卢若华找了个"第一流"。老卢不用说很得意，但他是个老成持重的人，总是含笑摇摇头——但这绝不是不同意朋友们的恭维。

白天，她去城关幼儿园上班——上班，这本身对她来说就是无比新鲜的；这意味着她也成了"工作人"。孩子们也是喜欢漂亮阿姨的，加上她又是个活泼人，爱说爱笑，会唱会跳，工作无疑做得很出色。

她自己也相信她是这个幼儿园最有本事的阿姨。要不，幼儿园的领导（当然是她丈夫领导下的领导）怎能经常在全体教师会上表扬她呢？

但是，在这个美丽的妇女的笑脸背后，并不是一切都阳光灿烂。有一种深深的酸楚的东西时刻在折磨着这个快乐的人。她想念她的兵兵！

每当她看见幼儿园的娃娃时，她就想起了她的儿子。她为了自己而丢弃了她的血肉般的爱！她现在才知道自己在这件事上有多么狠心和丑恶。她深深地感到：她对不起自己的孩子。

她有时带着幼儿园的孩子们玩的时候，一下子就会呆住了，像一个神经失常的人，眼睛燃烧似的瞪着——她在这一群娃娃中间寻找她的兵兵！

当她清醒过来的时候，才知道她的兵兵不在这里。可怜的孩子！亲爱的孩子！你现在怎么样了？你在哭？你在笑？你饿不饿？你冷不冷？你想妈妈吗？你……

她一下子忍受不住了！她自己嚎出声来，就赶忙丢下这些孩子！跑到女厕所里，趴在那肮脏的白灰墙上哭半天，直等到听见别人的脚步声，才慌忙揩去满脸的泪痕……

只有那个四岁的孩子，才能使现在这个热血飞扬的女人冷静一些，自卑自贱一些！他那一双忧郁的、黑葡萄似的眼睛，不时闪现在她的面前，让她的笑容戛然而止。他就像一个无情的审判官一样逼视着她的良心。

但是，她想自己是很难再退回去了。她好不容易才追求到了今天这一切。人生也许就是这样，要得到一些东西，同时也可能就得失去一些东西，甚至可能要付出惨重的代价。如果天上真有上帝，那么她请求这位至高无上的神能谅解她的不幸，饶恕她的罪过！

不论她找出多少理由来安慰自己的良心，可她无法使自己不想念和牵挂小兵兵。归根结底，那是她的；是她身体和灵魂的一部分，或者说就是她本身的另外一种存在形式。

这种折磨是深刻的。丽英也尽量地把它埋在心灵的深处。她怕卢若华觉察到。再说，她自己刚开始过上一种新生活，不能因此而再给自己的头上铺满阴云。

直到快要临近国庆节的时候，她才强烈地感到，她要是不再见一面兵兵，就简直难以活下去了。幼儿园的孩子们已经在喧闹着要过节了，互相在夸耀自己的妈妈给他们买了什么新衣裳和好吃的东西。

她看见这情景，就像刀子在心上捅。她在心里痛苦地叫道："我的兵兵呢？国庆节他有新衣裳和好吃的吗？他也有个母亲，难道连一点抚爱都不能给他了？"

她尽管害怕向老卢提及这个事，但还是忍不住向他提了。她在一个晚饭后，在他对她非常亲热的一个时刻，向他提出：她想让自己的儿子在国庆节到这里来过；她说可以让若琴带他来。

卢若华爽快地同意了，说他正好也想让若琴回城过国庆节。他说若琴对他和她结婚不满意，已经赌气很长时间没有回家来了，他心里很难过。他说他忙，让她给若琴写封信。

于是，丽英就给若琴发了那封信。

十五

明天就是国庆节了。

小县城的机关、学校，实际上在今天就已经放假了。

街道上，人比平时陡然间增加了许多。商店里挤满了买东西的人群；肉食门市部竟然排起了长队——在这里，平时公家的肉根本销不出去。

家庭主妇们手里牵着打扮得漂漂亮亮的孩子们，胳膊上挽着大篮子，在自由市场上同乡里人讨价还价。

所有的人都穿上了新衣服。浴池的大门里，挤出了一群一伙披头散发的姑娘们。这里那里，锣鼓咚咚，丝弦悠扬，歌声嘹亮。

到处都在大扫除，好像这几天卫生才成了一件重要的事。有些机关的大门上已经挂上了大红宫灯，插上了五星红旗和彩旗，贴上了烫金的"欢度国庆"四个大字。这个季节正是阳光明媚、天高气爽之时，加上节日的热烈气氛，使得人们的脸上都带上了笑意，城市也变得让人更喜爱了。

丽英一早起来就忙开了。

她先把屋子里外打扫收拾了一番。她是个爱讲究的人，而这个家也值得讲究。

她在房子里忙碌地打扫、清理、重新布置。尽管很熬累，但兴致很高：这一切都是属于她的呀！

她把老卢一套藏青色呢料衣烫得平平展展，放在床上的枕头边，让他明早起来穿。然后又把玲玲的一身漂亮的花衣裳从箱子里拿出来，给她穿在身上。

家里一切收拾好以后，她便提了个大竹篮子去买菜买肉。老卢前两天就给有关部门那些领导（也是朋友）盼咐过了，所以她实际上就是去把各种过节的东西拿回来就是了。

她从这个"后门"里出来，又进了那个"后门"。篮子里的东西沉得她都提不动了。这些东西都是国庆节供应品中的上品，但许多又都是"处理品"，价钱便宜得叫她都感到有点不好意思。

她送回去一篮子，又出去"收"另外一篮子。烟、酒、茶、糖、鸡、羊肉、猪肉、蔬菜……这些东西都是她从有些人的家里拿出来的（老卢有条子在她手里）。

她提着这些东西，对她的丈夫更敬佩了。他真是一个有本事的人！她想不到她男人在这城里这么吃得开！她似乎现在才深刻地认识到：为什么老卢常请这些人在家里吃饭喝酒。

她把这些东西提回家后，忍不住又想起了她寒酸的过去：为了过节割几斤肉，买两件衣服，她和广厚早早就用心节省上钱了。现在，几乎不出什么钱，东西很快就把厨房堆满了！她现在进一步认定：她离婚这条路实在是走对了。

她今天异常地激动，心脏几乎比平时也跳得快了。这主要是她还面临一件重要的大事：她的亲爱的儿子今天下午就要来到自己的身边。她的鼻子由不得一阵又一阵发酸；干活的手和走路的腿都在打颤。

她把过节的东西准备好以后,就用了一个长长的时间到街上给儿子买节日礼物。

她先到百货商店给儿子买了一身时兴的童装外套和一套天蓝色毛衣。然后又到儿童玩具柜前买了一辆红色的小汽车(和卢若琴买的那辆一样),一架可以跑但不能飞的小飞机;还买了一杆长枪和一把小手枪。

她接着又去了食品店,买了一大包儿子爱吃的酥炸花生豆。其他东西家里都已经有了。

中午饭以后,玲玲到学校去排练文艺节目,老卢与局长分头率领县教育局和教研室的人,去登门慰问城内的退休老教师和教育系统的先进工作者去了。父女俩都说晚上要迟点回来,饭不要像往常那样早做。

她一个人在家里慢慢准备晚饭。她的心乱得像一团麻一样:去拿切菜刀,结果却找了根擀面杖;把面舀到和面盆里,又莫名其妙地把面倒在案板上。

她只要一听见门外有脚步声,就赶快跑出去。可是,一次又一次都使她失望。按她的计算,若琴和兵兵吃过中午饭起身,从高庙到城里只有十来里路,他们早应该到了。

她怔怔地倚在门框上,天上太阳的移动她似乎都看得出来。

她突然又想:他们会不会来呢?

呀,她怎么没朝这方面想呢!是的,他们完全可能不来!广厚不一定愿意让孩子见她,而若琴也不一定那么想见她哥哥!她只是写信表示了自己的心愿，可高庙那里，怎能她想要他们怎样他们就怎样呢？他们实际上都在恨这个家！

完了！他们肯定不会来了！

她绝望地望了一眼西斜的太阳，感到头一下子眩晕得叫她连站也站不住了。

她一屁股坐在门槛上，双手捂住脸，伤心得痛哭起来……

"丽英！"

她听见一个熟悉的声音在喊她。

她惊慌地抬起头来，突然看见卢若琴抱着她亲爱的兵兵，就站在她的面前。

她一下子从门槛上站起来，嘴唇剧烈地哆嗦着，疯狂地张开双臂扑了过去；她在蒙眬的泪眼中看见，她的儿子也向她伸出了那两条胖胖的小胳膊……

十六

卢若华率领着教育局和教研室的几个干部去慰问散落在城北一带的退休教师和先进工作者。局长率领的另一路人马去了城南。

因为这些人居住很分散，有的在沟里，有的在半山腰，这项工作进行得相当缓慢。

卢若华在这些事上是很认真的。一个下午辛辛苦苦，上山下沟，这家门里进，那家门里出。每到一家，也大约都是一些相同的话：感谢你们多年为党的教育事业作出了成绩和贡献；向你们表示热烈的节日的问候。你们如果有什么困难和问题提出来，局里一定认真研究，妥善解决；请多给我们的工作和我本人提出宝贵的批评建议……

他谈吐得体，态度热情，使得被慰问者都很受感动。陪同他进行这项工作的人也都对这位年轻的领导人表示敬佩。有一些被访问者提出了自己的一些困难，卢副局长都细心地记到笔记本上了。

慰问退休教师这件事是卢若华在局里提出来的。这本来是一件好事。遗憾的是，卢若华往往通过做好事来表现他自己。比如这件事，本来局里开会通过了，大家分头进行就行了，但卢若华在出发之前，一个人又专门去找主管文教的副书记、副县长、人大常委会的副主任，向他们分别汇报了他的打算。直等得到这些领导的赞扬以后，他才起身了。而他的这些活动教育局长本人并不知道。爱说爱笑的局长是个老实人，他只是领着人出去进行这件事就是了。

不管怎样，卢若华总算是一个有本事的领导人。这件事干得很得人心，一下子启发了其他系统的领导人——各系统都纷纷出动去慰问他们系统的退休者和先进工作者；连县委和县政府、人大常委会的一些领导人也出动了。这件事甚至引起了县委书记的重视；他并且知道了这股热风的"风源"就是从教育局副局长卢若华那里刮起来的！

（看来教育局那个乐呵呵的正局长，恐怕要调到卫生防疫站或气象局一类的单位了吧？）

临近吃下午饭的时光，卢若华一行人才从最后一个被慰问者的家里走出来。这时候，这里那里传来了一些锣鼓的喧闹声。

同行的人告诉卢副局长，这是其他系统的领导人出动慰问他们系统的人——这些人企图后来居上，竟然敲锣打鼓，拿着红纸写的慰问信出动了。卢若华评论道："形式主义！'四人帮'的那一套还没肃清！"

他在心里却说：不管怎样，我走了第一步！

卢若华和同志们在街道上分手各回各家。

他正怀着一种愉快的心情往家走时，半路上被县委办公室主任刘明生挡住了。明生硬拉着让卢若华到他家里坐一坐。

他俩是"狗皮袜子没反正"的朋友，因此卢若华没说什么推辞话就向那个他惯熟了的家庭走去。

一坐下就是老规程：酒、菜全上来了。紧接着，两个酒杯"当"的一声。

半瓶"西凤酒"快干完了，话却越拉越多。内容无非是他们这些人百谈不厌的人事问题。

脸红钢钢的刘明生用不连贯的语调对他说："你家伙……又要……高升了……常委会已讨论过一次……我参……加了……可能叫你……当正局……长！"

卢若华心一惊。但他很快平静下来：他前一段凭直觉也早知道这个消息快来了。不过，他还是对这个有点醉了的主任一本正经地摇摇头："咱水平不够！"

"够……当个……县委书记……也够……刚才的话……你……保密！"这个醉汉严肃地叮咛他说。

卢若华不由得笑了。

刘明生的爱人过来皱着眉头叫丈夫不要喝了，并且很抱歉地对卢若华笑了笑。

卢若华觉得他应该抱歉地笑一笑才对。于是他也对刘明生爱人抱歉地笑了笑，然后说："叫明生躺一会儿……"说完，就从这个家里告辞出来。

卢若华走到街上时，天早已经黑严了。大街上静悄悄地没有了人迹。

他慢悠悠地踱着步，借着酒劲让身子飘移前行。他感到精神异常地兴奋。

是的，一切都是如意的。事业在顺利地进展，新的家庭也建立起来了，而且相当美满。

他很快想起了丽英，想起了温暖的家。尽管是第二次结婚，卢若华仍像一个小伙子一样热血沸腾——他喜欢他的这个漂亮而多情的妻子。

卢若华回到家里时，看见丽英已经睡着了，怀里搂着一个小男孩——他认出这是高广厚的儿子。他突然记起今天还有这么一回事——他的妹妹和他妻子的儿子要来他家。

他看了看妻子熟睡的脸：她眉头皱着，似乎有一些不愉快的迹象，眼角似乎还噙着泪水——他知道这是怎么一回事。

一种莫名的烦恼涌上了他的心头。刚才高涨的情绪一下子就消失了。

他不愿意躺到这个床上去。那个套间大概是若琴和玲玲住着。他一时觉得自己胸口闷得难受，就快快不快地来到院子里。

他来到院子里，背抄起胳膊踱着方步。他站下，抬头望着天上亮晶晶的星星，那些星星似乎像一只只眼睛似的瞅着他。他烦恼地叹了一口气。玲玲和若琴住的那间房子窗户也黑糊糊的没有一点光亮。她们也睡了。都睡了！只有他醒着。他现在就是躺到床上也睡不着。

卢若华突然想起前不久不知哪个朋友悄悄告诉过他，说他妹妹似乎和高广厚有些"那个"……

卢若华一下感到胸口疼痛起来。他在心里喊叫：生活啊，你总是把甜的苦的搅拌在一起让人吃！

他摸了一把由于酒的力量而变得热烘烘的脸，在心里想：其他事先可以搁到一边，但明天无论如何得和若琴好好谈谈……

十七

国庆节早上吃罢饺子后，这个家就分成了三路：玲玲去学校参加演出；丽英抱着兵兵上街去了；卢若华兄妹俩相跟着出去散步。

不用说，卢若华在心里是疼爱妹妹的。自从父母亲去世后，这世界上除过玲玲，她就是和他有血缘关系的唯一的亲人了。

母亲去世后，他不忍心把不满二十岁的妹妹一个人丢在老家，把她带到他身边。他随时准备用自己有力的手来帮扶她。

他会给她创造条件，鼓励她好好复习功课，争取考一个好大学。

他想让他们兄妹俩在生活中都能成为受人尊敬的人。他看得出来,若琴是一个很有希望的姑娘,聪敏,早熟,遇事很有主见,虽然还不足二十岁,但在日常生活中满可以独立了。他认为唯一欠缺的是涉世未深,不懂得生活的复杂性。

一般说来,卢若华很喜欢妹妹那种独立性,因为他自己就是十几岁离开父母亲,一个人在社会上闯荡过来的。

但是,他感到她的这种意识是太强了,甚至有点过分。他相当不满意妹妹对他和丽英结婚所抱有的那种态度。按常情说,不论怎样,她总应该站到他一边,为哥哥着想。可是她偏偏对他生活中这件重要的事采取了一种批判的态度,弄得他心里很不痛快。更有甚者,她竟然完全站在高广厚的一边来评论这件事。

看来她对这件事的看法非常顽固,似乎像在捍卫某种神圣的原则似的。

卢若华禁不住对他的妹妹怜悯起来:可怜的孩子!你实际上还没有真正开始在这个世界上生活哩!当你真正认识了这个世界的真实面目时,你就会对问题的看法更接近实际一些!

是的,他也年轻过,也像她一样坚持过一些是非原则,后来慢慢才明白那样一种处世哲学在这世界上吃不开。后来,他到了社会上,才纠正了自己的执拗。妹妹若要是这样下去,非得在社会上碰钉子不可!再说,爱情嘛,这里面的是非你能说清楚?

看来人成熟得经历一个过程——他深有体会地想。从这一点上说,不管妹妹怎样攻击他娶丽英"不道德",他也宽宏大量地原谅她,因为她还没有经历那个"过程"。再说，她是他的亲妹妹。

这一个月来，她赌气不回家来，他心里一直是很惦记的。但他知道急于说服她不容易，正如她不容易说服他一样。他想得缓一段时间再说。所以这一个多月他没有主动与她联系，也没有捎话让她回来。

自从他听到风声说妹妹和高广厚有点"麻糊"后，他的心才"咯噔"一下！

他一下子慌了：他怎么没想到这个糟糕的问题呢？当然，他想这一切也许不是真的。但毕竟已经造成了影响。这件事将会使他在县上多么不光彩啊！而且更酸的是，人们将会嘲笑他卢若华用妹妹换了个老婆！

他听见这个传闻后，就像蚂蚁在脊背上一样，心里极不舒服。他敏感地想：这件事说不定已经在文教系统或者在县上的干部们中间传播开了！这真是"智者千虑，必有一失"！

他决定很快找妹妹谈谈，主要的意思是想叫她赶紧换个学校。

因此，前两天丽英想叫若琴把她儿子带来过节，他没有反对。他并不体贴到丽英思念儿子的感情，而是他想借此机会要好好和若琴谈一谈……

现在这兄妹俩走在城外的一条小土路上，正闲聊着一些家常话。

秋天的阳光照耀在色彩斑斓的原野上。碧蓝而高远的天，洁净而清澈，甚至看不见一丝云彩。城郊的田野里，庄稼和草木都开始变黄。有些树的叶片已经被早霜打得一片深红，在阳光下像燃烧的火苗似的。

"若琴，给你换个学校好不好？五里湾小学，实际就在城边上。

噢，就在那里！"卢若华突然转了话题，他用修长的手指指着不远处的一个村落。

"我已经给你说过了，我就在高庙那里教。我在那里已经熟悉了……"卢若琴手里拿几片红色的梨树叶，用手指头轻轻摩挲着。

"我希望你能听哥哥的话，我完全是为了你好……"

"在哪里不都是一样的？反正都是教书哩！"

"唉！"卢若华叹了一口气，犹豫了半天，才吞吞吐吐说，"现在这社会风气实在瞎！光软刀子就能把人杀了……"

"你这话是什么意思？"卢若琴停住脚步，问哥哥。

卢若华沉默了半天，然后扭过头，望着对面山，说："有人传播你和高广厚长长短短……"

卢若琴一下子用牙齿咬住了嘴唇，泪水在眼眶里旋转起来。她也把头偏向了另一边，说："我想不到这些谣言竟然能传到城里……"她突然转过头，激动地问哥哥："难道你也相信这些坏话？"

卢若华转过脸，说："我又不是不知道你！高广厚那人我也知道！他是老实人！再说，他比你大十几岁哩！可是，谁又能把这些造谣人的舌头拔了？……若琴，你还是听我的话吧，换个学校！要不，干脆别教学了，就停在城里，好好复习你的功课！"

"我才不愿白吃饭呢！"她把嘴一撇。

"那你就到五里湾去教书！"

"我不！"她认真地说，"我要是换了学校，在众人看来，我和老高似乎倒真有什么说不清的事了。"

"若琴！你体谅体谅我吧！我现在已经到了一个关键的时刻，县委正准备提拔我哩！你多少能给我顾点面子，不要让我再为这些事烦恼了！"卢若华痛苦地把两条胳膊摊开，咧开嘴巴，几乎是向妹妹央告着说。

卢若琴没有被他做出的这副可怜相打动，她看了看他，说："你在任何时候都想的是你！看来你好像为我好，实际上是为你好……"她有些刻薄了。

"为咱两个都好！"他纠正说。

"那你也不想想，高广厚现在好不好？他现在可怜死了！难道这和你没关系？……"

"扯到哪儿去了！你别再提那事行不行？"卢若华有点恼火了。

卢若琴赌气地转过身往回走，她不准备继续散步了。

若华赶紧也转过身撵上来，说："你永远是个孩子脾气！你可别像上次一样，一声招呼不打就走了……你无论如何把节过完了再走……"

看来谈话的主题今天是无法再进行下去了。

卢若琴放慢了脚步，说："我今天不会走。但明天就得回去……"

"明天是星期天！"

"星期天也得回去。"她说。

"为什么？"

"明晚上我们学校要开文艺晚会，附近的老乡也都要去看。"她紧接着说，"你能不能到县文化馆给我借个手风琴？你人熟！如果能借下,我明天可以托赶集的老乡捎回去。我明天还要带兵兵,怕拿不了……"

"可以……"他无可奈何地说,"那刚才那些事,罢了咱再好好谈一谈。"

卢若琴躁了:"哥哥!别再扯那些无聊事行不行?我烦得要命!"

卢若华叹了一口气,说:"那咱回去……"

兄妹俩沉默地一前一后相跟着,去了县文化馆。

十八

丽英一整天都抱着兵兵在街上玩。

今天她不留恋那个舒适的家。她带着儿子,在属于公众的场所,尽情地陶醉在母子间的那种甜蜜之中——这一切离开她的生活已经一个多月了。

她抱着兵兵,嘴唇不停地在儿子的脸上、手上、头发上、屁股蛋上,使劲地亲着。她和他逗着耍笑,眼里一直噙着泪水。

母子俩玩着,走着,没有专门的目的地。

她用母亲的细心,把兵兵打扮成个小姑娘。她喜欢把儿子打扮成这个样子。她用红头绳给他头上扎了一根小辫;用颜料给他染了红脸蛋;把她买的好衣服都穿在了他身上。

兵兵开始时对她似乎有点生了。但很快就比原来还恋她。他的两条小胳膊紧搂着她的脖颈,生怕她又突然失踪。

这一切使得丽英心如刀绞。可怜的孩子！他现在根本不能明白他的处境——他很快就又得离开母亲了！大概在他长大的时候，才能明白这一切吧？那时，他能不能原谅他的母亲呢？

丽英先抱他到商店里转。兵兵要什么，就给买什么。她现在不像当年那个母亲，手头有钱。

后来，她又带他到县体育场。在小孩们玩的那个角落里，她让兵兵坐了跷跷板。滑梯不敢让上去，他太小了。然后，他们又到了县河边的一块草地上，捉虫子，拔野花。

他们坐在河边一块大石头上，吃了她带来的各种点心后，就又返回到街上。

电影院正好放一场动画片。她虽不爱看这种片子，但她非常庆幸有这场电影。她赶忙买了票，带兵兵去看。

兵兵大开眼界，看得兴致勃勃，小手在拍，小嘴在叫。她在黑暗中嘴唇一直贴着他的头发，吻着，流着泪。

她痛切地认识到，她对儿子的爱是什么感情也代替不了的。她现在后悔离婚时把兵兵给了广厚，而没坚持把自己的亲骨肉留在身边。现在这一切都为时过晚了。

她现在看见兵兵长得很壮实，模样也更漂亮了。这说明广厚对孩子是精心抚养的。她也知道，广厚和她一样疼爱兵兵。

她这时才想到，那个老实巴交的男人带这孩子，一定受了不少罪。他对公家的事又那么实心，大概常忙得连饭也顾不上吃。现在她离开了高广厚，倒在心里对她原来的丈夫有个心平气静的评判了。是的，他无疑是个好人。就是过去，平心而论，她也不是恨他，而只是感到他窝囊罢了，和她自己的要求搭不上调。现在，她倒在内心里对他有点同情。

她突然又想：他会不会很快再找一个女人呢？而这个女人对她的兵兵又会怎样呢？啊，蝎子的尾巴后娘的心！怎会对兵兵好呢！想到她的儿子将要在一个恶毒的后娘手里生活，她的心都要碎了！

电影散场了的时候，她紧紧抱着儿子又来到阳光灿烂的大街上。所有看电影的孩子，大部分都是父母亲一块带着。幸福的孩子们一只手牵着父亲的手，一只手牵着母亲的手，蹦蹦跳跳地走着。这情景对丽英又是一个刺激。

这时候，兵兵大概也受到了启发，突然对她喊叫说："我要爸爸！我要爸爸！"

丽英一下子不知如何是好了。她也不知该怎样乖哄孩子。

丽英又急又难受，赶快抱着他跑到副食品门市部给他买了许多零食，才把孩子的意识转移了。

她看了看表：下午六点三十五分。她吓了一跳！她知道她今天在外面的时间太晚了，别说做饭的时间误了，吃饭的时间也误了！

她赶忙抱着兵兵回到了家里。

卢若华正在厨房里切菜，见她回来了。也不对她说什么，只管切他的。

他显然是生气了。她让兵兵在地上玩小汽车，便过来怯生生地问："若琴呢……我回来迟了，让你……"

"若琴给他们学校捎东西去了。你怎么回来这么晚？"他转过脸，阴沉沉地问，"玲玲饿得直喊叫！你自己看看，现在到什么时候了！"他说完，刀子狠狠地在案板上剁起了菜。

丽英看着他这副模样，吓得不知如何是好。

她正要从丈夫手里夺切菜刀，以便将功补过，不料卢若华的手指头一下被菜刀切破了。

他把刀子"啪"地往案板上一掼，一只手捏着另一只手，跑着去找纱布和胶布。他在那边把抽屉拉得哗哗价响，嘴里骂了一句："他妈的……"

丽英第一次看见有涵养的丈夫这么粗暴。她惊得目瞪口呆，随后便忍不住一下子扑倒在床铺上哭了起来。

兵兵看见妈妈哭，知道是谁让妈妈哭的。他挺着胸脯跑过去，举起那只小胖手，在包扎手指头的卢若华的腿上打了一巴掌，然后跑过来，抱住妈妈的腿也嚎哭起来。

卢若华捂着手指头，气愤地出了家门。

这时，刚从套间里跑出来的玲玲看见这情景，也哭着撵到门外对卢若华喊："爸爸！我要吃饭！晚上学校演节目，我是第一个……"

卢若华好像没听见，头也不回地走了。

国庆节夜晚，此刻千家万户大概都在欢宴，而这个家庭却是一片哭声……

第四章

十九

兵兵走后,高广厚的心情反而很激动。

不论怎样,丽英还没有忘了兵兵。兵兵啊,他可以乐两天了!

在体察孩子的心理方面,高广厚有一种特殊的敏感。

尤其是兵兵,孩子失去母亲后,内心那荒漠、痛苦、悲伤,他全能体察到。他实际上承负着两颗心的痛苦。

他知道兵兵的快乐是短暂的,甚至会因此而增加孩子往后的伤心。但他还是为兵兵能在他母亲身边呆两天而高兴。

国庆节早晨,他突然接到乡邮员送来的一封信。他一看,是省出版社来的。他感到莫名其妙:恐怕是弄错了吧?出版社给他来信干什么?

他打开信,不免大吃一惊!

原来是出版社通知他,他的那篇《谈谈小学教育中如何注意儿童心理因素》的文章,将要收入该社出版的一本书中。出版社在信中还和他商量,他是不是能为此专门写一本小册子呢?他们说如果他同意,就请他尽快动手写这本书,争取能在今年年底交稿……

高广厚看完信,心跳得快要从胸膛里蹦出来了。他想不到有这样大的事出现在自己的面前!

他的那篇文章实际上是他在县上一个小学教学座谈会上的发言,后来应县教研室的要求,整理成文章,登在他们油印的《教学通讯》上。现在想不到让出版社看见了,还要发表,甚至还让他写一本专门的书呢!

我的天!还有这样的事!高广厚拿信的手索索地发着抖,高兴得不知如何是好。

他很想赶快找个人谈谈。但学校已经放假,一个人也没有。就是没放假,他能和学生娃谈吗?他实际上是想很快和卢若琴谈这件事,但卢若琴已经回了县城。

他拿着这封信,反复地看,心中如同潮水似的翻腾着。他突然发现自己还是个可以干点事的人!他的眼睛为此而被泪水模糊了。

生活中偶然的一件事,常常能使人的精神突然为之升华。

高广厚一下变得庄严起来。他很快压下去内心的激动,开始思索他自己,认识他自己,反省他自己。过去,沉重的生活压弯了他的腰,使他变成了一个自卑而窝囊的人。他认识到自己过去那种畏畏缩缩的精神状态,已经多少丧失了一些男子汉的品质。他现在似乎有点想得开丽英为什么离开他。

他现在醒悟到,他应该做许多事,他也可以做许多事。他已经掌握了一些知识,并且过去也萌生过做点在他看来不平常的事——只不过从没敢肯定这些想法,常常很快就把自己的想法扼杀了。

好,现在接到这封信,他的勇气来了。

他很快决定，出版社要出他的小册子，书稿工作得马上着手进行。当然，问题是缺乏一些资料。但他想是可以想办法搞到的。

这张十六开的纸片像闪电一样耀眼夺目！

他像勇士一般迈开脚步，急速地回到自己的窑里，手脚麻利地开始做饭。他觉得地面像有了弹性，觉得窑里也不再是空荡荡的了。

他一边叮叮当当地切菜，一边竟然张开嘴巴唱起歌来。正好学校一个人也没有，他可以放开声唱！

他的雄浑的男中音深沉而高亢，震荡着这个寂静的校园。如果高广厚此刻在镜子里看看自己，恐怕自己也认不出自己来了：高挺的身板顿时显得魁梧而雄壮；棱角分明的脸盘透露出一股精干劲；两只平时忧郁的大眼睛也闪闪发光了……

他三下五除二就做好了饭，很有气魄地大嚼大咽起来。

吃完饭后，他坐在桌前，很快给出版社写了回信。他告诉他们，他将很快投入他们要求的工作……

然后，他出了门，去两个村召集演节目的孩子们来学校，准备晚上开晚会。

卢若琴会不会按时回来呢？他一边在简易公路上走着，一边低头想。

"高老师！哈，这可碰巧了！"一个人大声说。

他抬起头来，见是后村子里的一个年轻社员。他看见他背着一架手风琴！

"卢老师捎的！她说她一会儿就回来！"

不说他也知道是若琴捎回来的。他高兴地接过手风琴,对这个年轻人说:"你能不能替我跑几步路,到前村把学生们喊一下,叫到学校来,晚上咱们学校要开晚会哩!"

"演戏?啊呀,这太好了!我给你去叫!"他说完就掉转头走了。

高广厚提着手风琴,兴致勃勃地送回到学校里,就又去叫后村的学生娃了……

当高广厚再回到学校时,刚进院子,就看见卢若琴和兵兵正站在那里等着他呢!他看见兵兵穿戴得那么漂亮,便知道那个人是怎样亲过这孩子了。

"兵兵!"他兴奋地叫了一声,就撒开两条腿跑过去,一把抱起他,在空中急速地转了一圈。父子俩都张开嘴巴,朝蔚蓝的天空哈哈地大笑起来。

卢若琴惊讶地望着高广厚洋溢着光彩的脸盘,说:"高老师,你今天怎一下子变成另外一个人?有什么高兴事哩?"

高广厚把兵兵放到地上,不好意思地冲她嘿嘿一笑,说:"过一会儿我再告诉你……"

二十

夜晚,高庙小学笼罩在非凡的热闹气氛中。

有关的两个村都抽了一些身强力壮的小伙子,下午就来到了学校里,搭起了一个"戏台子"——实际上就是在学校院子的空场地上栽了一些棍，四周蒙了床单、门帘一类的东西。

农村经常没有文娱活动，尤其现在实行生产责任制了，一家一户种庄稼，除过赶集上会，众人很少有相聚一起的机会。

现在这学校竟然要"唱戏"了！

庄稼人们一整天都在山里兴奋地谈论这件事。更重要的是，所有的"演员"又都是他们自己的子弟，因此又给庄稼人平添了几分兴致。大家无不夸赞高老师和新来的卢老师，说他们真格是好先生！

一吃过午饭，天还没黑，不光高庙和舍科村，连另外村的庄稼人和婆姨女子，也都纷纷向坐落在小山湾的学校拥去了。通往学校的一条条小路上，到处都有笑语喧哗，连村里的狗也撵着人来了，把个寂静的山乡田野搅得乱纷纷的。

夜幕扑落下来后，庄稼人就点起了几盏马灯，挂在了"戏台"上。整个学校的院子里，都挤满了黑压压的人群。

晚会开得相当热烈，有合唱，有舞蹈，也有儿童剧。唯一的一件伴奏乐器就是手风琴。卢若琴尽管是业余水平，但拉得相当熟练。加上她今晚上精神很好，琴声充满了一种激荡的热情。

她是伴奏，又是总导演。高广厚是"舞台监督"，在后台忙成一团，帮卢若琴安排出场，准备道具。他不知兵兵在哪里——大概是那些不演出的学生娃抱在台子下看演出哩。

这时候，听见人群里有人喊："叫高老师和卢老师也来个节目！"众人立刻一迭声起哄了。

卢若琴很快答应了，慷慨激昂地唱了一段她家乡关中的秦腔。

211

高广厚在台子后面头上汗水直淌。

卢若琴唱完后，众人就喊："轮上高老师了！"

卢若琴到幕后来，对他说："怎样？你唱个歌吧，不唱看来不行了……"

高广厚只好用手掌揩了揩脸上的汗水，笨拙地跟卢若琴来到台前。马灯光刺得他眯住了眼睛。

他听见众人"哄"一声笑了，而且笑声越来越猛烈，像山洪咆哮一般停不下来！

高广厚不知自己出啥洋相了，两只手互相搓着，脸通红，头别扭地拐到一边，不敢看台下哄笑的人群。

卢若琴也不知大家笑什么。她赶忙看了看高广厚，自己也"扑哧"一声笑了：原来高广厚胸脯的扣子上挂了一根面条！

卢若琴笑着，过来把那根面条拿掉——这下高广厚自己也笑了。这个插曲在庄稼人看来比所有节目都精彩！

手风琴的旋律急剧地响起来了。

高广厚雄壮的男中音在夜空中发出了强大的震荡。这个土包子竟然是一种"西洋式"唱法！一开始由于紧张，音调有点不太自然，后来便逐渐正常了。他的声音如风暴掠过松林一般，浑厚的共鸣使人感到他那宽阔的胸膛下面似乎有一个澎湃的大水潭……

全场的老百姓都一下子静下来了。他们虽然不能全部听懂他唱些什么，但都说他"比文工团还行"！

卢若琴也是第一次听高广厚唱歌。她震惊得张开嘴半天合不拢，伴奏的手风琴竟然在中间连过门也忘拉了!

高广厚唱完后,是一群女孩子的小合唱。这个节目一完,老百姓又把一个"民歌手"——庄稼人老汉哄上了台。这老汉巴不得有这么个机会显一下能,竟然用他那豁牙漏气的嘴巴接连唱了十几个"信天游",其中有些歌酸得不堪入耳,卢若琴想阻止,被高广厚挡住了;他说老百姓爱听这些歌,就让老汉唱去吧……

一直闹了大半夜,晚会才散场。可以肯定,这个热闹的夜晚,将会长久地保持在人们的记忆中;周围村庄的老百姓,会在家里和山里议论好多日子……

不用说,高广厚的精神状态越来越好了。过去的苦闷自然被推开了一些。

他带着连他自己也感到新鲜的激情,开始了他的新的生活。

在教学上,他野心勃勃,想在明年全县升初中的考试中,他的学生要全部考上,并且要垄断前五名!

他和卢若琴除了精心备课、讲课、批改作业外,还抽出时间另外辅导一些学习成绩不太突出的学生。勤工俭学烧的第一窑石灰就卖了三百元钱。他们拿这钱又买了许多儿童读物来充实卢若琴办的那个图书室,并且还买了许多体育器材和大玩具。

夜晚,等兵兵熟睡后,高广厚先改作业后备课。等这些干完了,就进入到他那本书的写作中去。卢若琴把他所需要的资料大部分都找齐了。

他有时在桌子上一趴就是五六个钟头,一直到身体僵硬,手累得握不住笔的时候，才到院子里活动一下。

夜，静悄悄的。只有学校下面的小河永不停歇地唱着歌。他深深地呼吸着秋夜纯净的空气，感到这个世界不论有多少痛苦，但它总归是美好的。

有时，夜半更深时，他正在埋头工作，听见响起了敲门声。

卢若琴来了。她端着一缸子加了白糖的麦乳精和几块点心，给他放在旁边的桌子上。他还来不及说句感谢话，她就悄然地退出去，轻轻带上了他的门……

二十一

今年的第一次寒流，又从西伯利亚通过毛乌素大沙漠，向广阔无边的黄土高原袭来了。

风立刻变得生冷。田野里碧绿的红薯叶被冷风寒霜打得黑蔫蔫的，没有了一点生气。

早晨出山的庄稼人，已经穿上了棉袄。阳光时有时无，天气欲晴又阴。

高广厚和卢若琴忙着给各教室都生起了火。为了让孩子们早点回家去，下午的课外活动也取消了。

晚上，兵兵有点咳嗽。高广厚也没在意，给孩子脱了衣服，让他钻到被窝里去。他点亮桌子上的灯，准备像往常那样，投入到一种比白天还要紧张的工作中去。

兵兵躺下后，咳嗽越来越急骤了。高广厚这才意识到，孩子病了。

他赶忙在抽屉里找了一点感冒药，倒了一杯水，用被子包住孩子，让他坐起来吃药。

兵兵哭闹了半天，刚把药咽下去，一声咳嗽，便"哇"一声全吐了。接着，咳嗽一阵紧似一阵，把饭也全吐出来了。

高广厚慌了，把吐脏了的被子掀到一边，赶忙给兵兵穿衣服。他手在孩子头上摸了一下，烫得像炭火一样！

兵兵不停歇地咳嗽着，小小的身体痛苦地抽搐成一团，并且一边哭喊，一边骂着脏话。

高广厚急得满头大汗，不知该怎办。家里没什么药。天这么晚了，到哪儿去给孩子看病呢？

兵兵的咳嗽越来越严重了，中间几乎隔不了一两分钟，而且每一次咳嗽半天都停不下来。

孩子在高广厚怀里喘成一团！

高广厚看见儿子病成这个样子，神经都要错乱了。他咒骂该死的病偏偏发生在这半夜三更！要是在白天，他就能即刻安排好学校的事，抱着兵兵往城里跑。他现在搂着孩子，嘴里不停地给他说乖哄话——连他自己也不知道他嘟囔些什么！

卢若琴破门而入！

她三脚两步走到炕栏石前，手在孩子的额头上摸了一把，着急地对高广厚喊："孩子都烧成这个样子了，你还坐着干什么！赶快往城里抱！"

高广厚一下子惊醒了，也感到身上有了点劲，赶忙把兵兵放下，一纵身跳下炕来。跳下来后，他又不知自己该干什么，手在这里一抓，又在那里一抓；抓起这件，又丢了那件！

卢若琴让他冷静一些，并指出他应该拿什么，不拿什么。她说完后，又跑着回了自己的窑洞。

她很快就又跑过来了，拿着她的一件短棉大衣把兵兵裹了起来。

她把孩子塞到高广厚怀里，又从他手里夺过提包。两个人匆匆地出了门。

寒风呼啸着迎面打来，使得这两个夜行的人走路很困难，加上天又黑，他们在简易公路上不时被绊磕得趔趔趄趄。

兵兵在高广厚的怀里不住气地咳嗽着，呻吟着，骂着人（实际上是骂咳嗽）。

高广厚不时小声喊着儿子的名字，蹽开长腿只顾跑。

卢若琴提着一包东西撵在后面，尽量追着他。

快到城里时，高广厚被一块石头绊了一跤，把怀里的兵兵都摔在了一边！兵兵恐怖地喊了一声，接着连哭带咳嗽喘成了一团。

高广厚一闪身爬起来，拳头狠狠擂了一下自己的脑袋，赶快摸索着抱起了儿子。

卢若琴跑上前来，从高广厚手里夺过孩子，说："让我抱一会儿！你太累了！"

卢若琴自己也累得东倒西歪的，但她仍然抱着兵兵在跑。

高广厚一个脚腕扭伤了，一瘸一拐跟在后面跑。他听见前面的卢若琴喘得喉咙里"啊啊"地叫着,发出几乎像呕吐那样的声音。泪水和着汗水一起涌到了他的嘴巴里,又苦又咸。

等到了城边的大桥上时,卢若琴累得一下靠在了桥栏杆上。高广厚撵上来,从她怀里接过了兵兵。

卢若琴看来似乎都要休克了——她的力量已经用到了极限。在桥头那盏路灯的微光下,高广厚看见她脸上没有一点血色。她闭着眼,张着嘴,像鱼被搁在了沙滩上。

她一下子连话也说不成了,只是用手无力地摆了摆,让他先走。

兵兵在高广厚怀里不停地咳嗽着,喘息着,呻吟着。

孩子也已经耗尽了他那小牛犊一样的精力,现在软绵绵地躺在他的怀里……

直等到卢若琴又艰难地挣扎着站起来,他们于是就稍微放慢了一点脚步,进入了万般寂静的县城,穿过街道,向坐落在南关的县医院走去。

二十二

县医院静得没有一点声响。病人和治病的人都进入了睡梦中。院子里照明的灯在寒风里发出惨白的光芒。

高广厚和卢若琴抱着病重的兵兵,心急如火地来到这个希望的所在地。

他们找了半天,才找见挂着"急诊室"牌子的房门。

里面没有灯光。大夫显然睡觉了。

卢若琴敲了敲门。没有声响。

等了一下，高广厚又敲了一下门。兵兵在他怀里急促地咳嗽喘息着。

还是不见动静。

高广厚急得用拳头狠狠在门板上擂了起来。

"谁？"里面传来一声不乐意的发问。

"有个急病人！"卢若琴在门外喊。

"这天都快明了……明早上再来！"里面那人似乎翻了个身……又睡了。

"哎呀，好大夫哩，娃娃病得不行了，求求你起来看一下……"高广厚几乎是央告着对里面说。

"我们是从乡下来的，黑天半夜已经跑了十里路了！麻烦你起来给看一下。"卢若琴补充说。

过了一会，里面的灯才拉亮了。听见里面不耐烦地嘟囔了一句什么，就听见开始穿衣服。

半天，门才打开了。一个戴眼镜的瘦高个大夫冷冰冰地说："进来。"

他们赶忙把孩子抱进去。

医生尽管对人态度冷淡，但检查病还很认真。他用听诊器在兵兵的前胸后背听了半天。兵兵吓得没命地哭。

大夫听完后，慢吞吞地说："急性肺炎。需要住院。"他站起走到另一张桌子前，开了个单子，说："先交费去。"

高广厚突然对卢若琴叫了一声："哎呀！你看我这死人！忘了带钱了！"

卢若琴立刻在自己口袋里摸了摸，沮丧地说："哎呀，我也没带……"

"这可怎办呀？"高广厚转过头，对大夫说，"能不能先住下，明天我就想办法交钱？"

大夫脸上毫无表情地说："那你们和收费处商量去……"他脱下白大褂，去洗手。

他俩只好很快抱起孩子来到门口的收费处。

仍然是打了半天门，才把人叫起来。

当高广厚向收费处这个半老头说了情况后，那人说："预交住院费，这是医院的规定！"

"好你哩，你看孩子病成这个样子，先救人要紧，你就行行好吧！我明天就交钱，肯定不会误！"高广厚又央求说。

"哼！以前好些老百姓就是这样。可病一好，偷着就跑了，医院账面上挂几千块这样的钱，一个也收不回来！"

"我们是教师，不会这样的。"卢若琴说。

"反正不行！不交钱住不成！这是院长交待的！"他斩钉截铁地说。

兵兵在剧烈地咳嗽着，呼吸异常地急促起来。

那位收费的人看见这情况，似乎也有了点怜悯之情，过来看了看孩子，说："病得确实不轻！鼻子都有点扇了！"

他转过头对高广厚说："娃娃叫你爱人抱着，你去给院长说说，他同意就行了。"

卢若琴脸"刷"地红了。

高广厚懊丧地对这人说:"她是我一个学校的同志……"

"噢,对不起!"他惊奇地打量了一下卢若琴和高广厚。

卢若琴也顾不了多少,对高广厚说:"你和兵兵先在这儿呆一下,让我去!"她掉转身就跑了。

卢若琴按收费处那人说的地方,找到了院长的宿舍。

她敲了一阵门后,听见里面一个妇女问:"什么事?"

"有个急病人,叫高院长起来一下!"卢若琴顾不得详说情况。

"你找大夫去!我又不会治病!"里面一个男人的声音。这大概是院长了。

"有个事,大夫管不了,想和你商量一下。"

里面竟然长时间没有声音了。

在有些医院里,患者经常就会碰到这样的情况。当你急得要命时,他们好像世界上什么事也没。

卢若琴一看这情景,觉得毫无办法了。

她突然想起:有一次,她听哥哥和另外一个人拉话,似乎提到过医院院长的老婆是农村户口,说他的孩子想在城里的县立中学上学,但按县上规定,他们家离城远,应该在就近的公社中学读书,因此来不了。院长想让儿子上"高质量"中学,几次来找他,他很快就给办妥了。记得那个人还对哥哥开玩笑说:"你以后如果得病……"

聪敏的姑娘顿时有了主意。

她于是又一次敲了敲门,说:"我是教育局卢局长的妹妹……"

里面的灯"啪"地拉亮了,立刻听见紧张地穿衣服和拖拉鞋的声音。这下灵了!

门很快打开了,光头院长披着棉袄出来,问她:"卢局长怎啦?我昨天还和他一块在刘主任家喝酒哩!……"

卢若琴几乎要笑了,说:"不是卢局长病了!"

"他的孩子?"

"也不是。"

"你?"

"不是。"

"那谁病了?"他的态度又有点不太好了。

卢若琴很快把实情给他说了。

高院长既然已经起来了,又见是卢局长的妹妹求情,只好跟着她来到收费处,对那个人说:"给办了……"

办了!一切很快就办妥当了!

他们忙了一阵,就在住院部的病房里被安顿了下来。

值班的护士立刻过来给兵兵打了针,并且把各种药也拿了过来。

卢若琴和高广厚哄着让兵兵吃完药,护士接着又打了一支镇静剂,孩子就困乏地睡着了……

二十三

第二天早晨,兵兵的病情还没有减轻下来,仍然咳嗽得很厉害,几乎不能吃什么东西,一咳嗽就全吐了。不过,体温已经下降了一点。

高广厚坚决要卢若琴回学校去。

卢若琴对他说:"让我再帮你照料一天。"

"那学校就停课了。"他说。

"停一天就停一天!"

"哎呀!这怎行呢?咱们半夜走了,什么人也没给说,今早上学生去了,找不见咱们,还不知道发生什么事了,肯定会一烂包!你无论如何要回去!你回去上午先休息一下,下午再上课。"

"那你一个人……"

"不要紧。到了医院里,人就放心了。反正有医生哩!……"

卢若琴看得出来,现在孩子进了医院,老高的心就又惦记上学校的事了。她知道老高希望她回到学校去,尽管他这里也很需要她的帮助。

她再没说什么,就准备起身了。高广厚难受地说:"我心里实在过意不去,把你熬累成这个样子……"

卢若琴安慰他说:"我根本没什么,马上就缓过来了。我走后,就你一个人,可要操心你的身体,别也病了,就麻烦了……"

高广厚说:"你放心走你的。我是一头牛,三天不吃不睡也不要紧!"

卢若琴过去亲了亲兵兵,拉起他的小手在自己的脸上摸了摸,就离开病房,回学校去了。

高广厚一个人守护在兵兵的身边,设法给他喂点吃喝。尽管喂进去就吐了,但他仍然给兵兵说好话乖哄着让他吃。他记起他小时候病了的时候,母亲就是这样强迫让他吃饭的。她老人家说,饭比什么药都强!

一个晚上的焦虑就把这个壮实的人变了模样:眼睛深陷在眼窝里,头发乱糟糟的;脸色灰暗,没有一点生气。他尽管克制着,但每一分钟都痛苦难熬!兵兵每咳嗽一声,他的心就一阵抽搐。他生怕兵兵有个三长两短。他不能没有他。这孩子是他活下去的一个重要依托,也是他全部生命的根芽!

为了使孩子舒服一点,他就像农村老太婆一样,盘腿坐在病床上,怀里抱着儿子。脖子僵直了,但他还是一动不动,生怕他动一下,给孩子增加痛苦。

每当孩子咳嗽得喘成一团的时候,他急得浑身发抖,都有点迷信了:他在心里祷告那个万能的上苍,让它把孩子的灾难都给他吧!

正在他痛苦万状的时候,突然一下子呆住了:他看见丽英从门里进来了!

他以前的妻子,兵兵的亲妈妈,一进得门,就不顾一切向床边扑来。她沙哑地喊了一声"兵兵",泪水就在脸上刷刷地淌下来了。

她从高广厚手里接过兵兵,脸贴住孩子的脸,哽咽着说:"兵娃!妈妈来了!你认得妈妈认不得?你叫一声妈妈……"她说着,泪水在脸上淌个不停。

兵兵无力地伸出两条小胳膊,搂住了她的脖子。他干裂的小嘴嚅动了几下,喘息着喊了一声:"妈妈……"

孩子由于过分激动,立即猛烈地咳嗽起来。

丽英已经呜咽着哭出声来了。她一边哭，一边轻轻地给孩子捶背。

等兵兵的咳嗽暂时平息下来，高广厚问丽英："你怎知道的？"

"若琴跑去给我说的……"她继续流着泪，低头看着兵兵，回答他说。

他们俩一时都不知该说什么。

可是，他们大概都在心里对话——

丽英：你在恨我！恨我无情无义！

广厚：现在不。你不知道，兵兵现在多么需要你，那一切都另当别论！这时候你来了，这就好。我在心里是感激你的。

丽英：不论我们怎样，兵兵总是我们生的。我们两个可以离开，但我们两个的心都离不开这孩子。我和你一样爱他——你应该相信这一点！

广厚：我相信。是的，这个亲爱的小生命是我们两个共同创造的。你是否还记得，我们曾经夫妻了一场？不管我们怎样不和，我们曾经是"三位一体"，有过一个家。

丽英：现在不要去想那些事了……

广厚：是的，不要去想那些事了……

丽英：眼下最要紧的是，让我们的兵兵赶快好起来。

广厚：我和你的心情是一样的。

…………

也许他们各自的心里根本没说这些话！

也许他们心里说的比这还多！

但是，从他们嘴巴里说出来的，却是另外一些东西。

高广厚从床上下来，穿上鞋，对丽英说："你先看一会兵兵，让我出去借一点钱，住院费还没交哩。昨晚走得急，忘记带钱了……"

丽英抬起头对他说："你别去了，我已经交了。"

高广厚怔住了。他想：大概是若琴告诉她的。

丽英指着她进门时放在桌子上的一个挂包，说："那里面有吃的，你吃一点。你大概还没吃东西哩。"

高广厚为难地站着没动。

丽英愠怒地说："你还是那个样子！"

高广厚也不再说什么，走过去，从挂包里掏出一个大瓷缸子。他打开一看，原来是半缸子炒鸡蛋和几张白面烙饼。另外一个小瓷缸里是鸡蛋拌汤，香喷喷的——这是给兵兵带的。

丽英说："挂包里有筷子……"

他拿出了筷子，沉默地吃起来。吃几口，就用拳头抵住脑袋，静静地闭住眼停一会儿，然后再吃。

丽英脱了鞋，像刚才高广厚那样，盘腿坐在床上，一动也不动，紧紧地把兵兵搂在她的怀抱里……

二十四

两个离异的男女，现在为他们共同的孩子而共同操心着。

他们轮流盘腿坐在医院的病床上，抱着他们得了急性肺炎的儿子。

没有争吵，没有抱怨，相互间处得很和睦。这现象在他们过去的生活中简直是不可思议的。共同面临的灾难使双方的怨恨都消融在一片温情中。此刻，除了共同都关心着孩子外，他们甚至互相也关心着对方。

不过，他们现在都知道在他们之间横着一道"墙"——那是一道森严的"墙"。他们都小心翼翼，在那道"墙"两边很有分寸地相互表达对对方的关心。

中午，广厚从病号灶上打回来了饭，一式两份。

丽英也就不说什么，从他手里接过饭碗就吃。

孩子睡着后，丽英抽空出去给兵兵洗吐脏了的衣服。临走时，她对高广厚说："把你的衫子脱下来，让我一块洗一洗，背上尽是泥。"

高广厚知道背上有泥——那是昨晚摔跤弄脏的。他有些犹豫，但看见丽英执意等着，就脱下给了她。

晚上，丽英把干了的衣服收回来，摊在床上，用手摩挲平展，递给他。他一边穿衣服，一边说："天晚了，你快回家去。兵兵现时好一点了，有我哩……"

"我不回去了。"丽英说，"我不放心兵兵。家里也没什么事。老卢到地区开会去了，那个孩子我已经给邻居安顿好了，让他们招呼一下……"

高广厚心里既愿意让她走，又不愿意让她走。他怕有闲言闲语，这对他们都不好。她现在有她的家。

另外，他又愿意她留在兵兵的身边，这样孩子的情绪就能安稳下来，他自己的精神也能松弛一些。不过，他还是说："你回去，明天早上再来……"

"我不回去。我回去也睡不着。我就坐在这床上抱着兵兵……"

高广厚只好说："我到水房去躺一会儿，那里有火。有什么紧事，你就叫我……"说着就转身出去了。

丽英望着他的背影消失在院子的黑暗中。

不知为什么，她现在心里有点难过。不论怎样，他们曾夫妻了几年，而且共同生育了一个儿子。他现在是不幸的。而他的不幸也正是她造成的。

是的，他曾忠心地爱过她，并且尽了一个小人物的全部力量来让她满意。沉重的生活压弯了腰，但仍然没有能让他逃脱命运的打击。

这也不能全怨她。她不能一辈子跟着他受恓惶。如果生活中没有个卢若华出现，她也许会死心塌地跟他过一辈子的。可是在他们的生活中偏偏就出现了个卢若华……

他高广厚大概认为她现在一切都心满意足了。可是，他怎能知道，她同样付出了惨重的代价！他尽管没有了她，但他还有兵兵！可她呢？其他方面倒满足了，也荣耀了，可是心尖上的一块肉却被剜掉了！亲爱的兵兵啊，那是她心尖上的一块肉……

丽英坐在床上，这样那样地想着，顿时感到有点凄凉。她认识到，归根结底，她和高广厚现在都各有各的不幸（这好像是哪本小说上的话）。她隐约地觉得，以前他们在一起的时候，苦恼很多，但还没有现在这样一种叫人刻骨的痛苦……

后半夜的时候,她把睡着的兵兵轻轻放在床上。她给他盖好被子,把枕头往高垫了垫,就忍不住拿了那条毯子出了房门。

她来到医院的水房里,看见那个可怜的人坐着,脊背靠着锅炉的墙壁,睡着了;头沉重地耷拉在一边,方方正正的大脸盘,即使在睡觉的时候,也笼罩着一片愁云。

她匆匆地把那条毛毯展开,轻轻盖在他身上,然后就退出了这个弥漫着炭烟味的房子。

她又返回到病房里,见兵兵正平静地睡着。

她俯下身子,耳朵贴着孩子的胸脯听了听,感到呼吸比较正常了。她并且惊喜地想到,兵兵两次咳嗽之间的间隔时间也变得长了,不像早上她刚来时,一阵接一阵地停歇不了。

她一点也睡不着,又轻轻地走出了病房,在门外面的地上慢慢地来回走动着。不知为什么,她觉得她今夜心里格外地烦乱——这倒不全是因为孩子的病……

两天以后,兵兵的病完全好转了。当主任医生查完病房,宣告这孩子一切恢复了正常时,高广厚和刘丽英都忍不住咧开嘴巴笑了。

兵兵恢复了健康,也恢复了他的顽皮劲儿。他在房子里大喊大叫,一刻也不停。丽英在街上给他买了一个会跑着转圈的大甲虫玩具。三个人立刻都蹲在地上玩了起来。高广厚和刘丽英轮流上足发条,让甲虫在地上爬;兵兵拍着小手,一边喊叫,一边撵着甲虫跑。两个大人也在高兴地喊着、笑着,好像他们也都成了娃娃。

正在他们高兴得忘乎所以的时候,一个护士进来叫丽英接电话。

丽英出去不一会就回来了。她脸一下子变得很苍白。她对高广厚说:"老卢回来了,我得回去一下……"

高广厚也不笑了,说:"那你回去。你也不要再来了,医生说让我们明天就出院……"

丽英走过去,抱起兵兵,在他的脸蛋上拼命地亲吻了长久的一阵,然后把他放在地上,对他说:"妈妈出去一下,一会儿就回来呀……"

她转过身子,低着头匆匆往外走,并且用一只手掌捂住了自己的眼睛……

第五章

二十五

卢若华兴致勃勃地从地区开会回来了。他觉得这次外出收获不小。地委最近向各系统提出要求,让他们回答如何开创自己系统的新局面。地区教育局正是为这事召开各县教育局长会的。他们原封不动接过地委的口号,要各县教育局给他们回答这问题。

县教育局长不爱开这号会,说他身体不舒服,就让副局长卢若华去了。

老卢出发前,准备得很充分,甚至把一些文件和学习材料都能背下来,加上他口才又好,因此在地区的会上发表了一些很精彩的言论。这些发言，不光地区教育局长赞不绝口，连地区主管文教的一位副专员也大加赞扬说："新时期要打开新局面，就要靠这号干部！"

卢若华在地区露了这一手，心里很高兴。他知道这些东西将意味着什么。

事业上的进展加上他又娶了一位漂亮的爱人，使得他情绪从来都没这么高涨过。当然，国庆节给丽英发脾气后，他心里对他新的家庭生活稍有点不快。但一切很快就过去了。他感到，不管他怎样对待丽英，丽英也是离不开他的。他当然也需要这么一位漂亮的妻子，以便同他的身份相匹配。

一个星期没和丽英在一块生活，他倒有点想念她了。他猜想他一进家门，丽英就会迎上来，用胳膊勾住他的脖颈，在他红光满面的脸上亲一下；他会装出对此不以为然，但心里会感到很美气的……

可是当他满怀激情进了家门的时候，情况却让他大吃一惊：门开着，但屋里没人，整个房子都乱糟糟的；东西这儿扔一件，那儿丢一件。这个整洁有序的家庭完全乱了章法。炉子里没一点火星，冰锅冷灶；家具上都蒙了一层灰尘。

丽英哪儿去了？玲玲呢？出什么事了？

他惊慌地跑到隔壁问邻居，却在这家人屋里碰见了玲玲。

他问邻居丽英到什么地方去了，那个胖大嫂犹豫了一下，才为难地告诉他：丽英的儿子住了院，她这几天一直在医院，没回家来；家里就玲玲一个人，丽英关照让玲玲在他们家吃饭……

"那她晚上也不回来？"

"没回来……"

一股怒火顿时直往卢若华脑门冲上来!

他吼叫着问玲玲:"你出去怎连门也不锁?"

玲玲"哇"一声哭了。

胖大嫂赶忙说:"你不要吼叫娃娃,娃娃这两天好像身体也不舒服,像有点发烧……"

卢若华一下子愤怒得都有点控制不住自己了。他丢下嚎哭的玲玲不管,一个人独自出了邻居家的门。

他一下子不知该到哪里去。

他用哆嗦的手指头从口袋里摸出一支烟来,点着狠狠地吸了一口,来到院外一个没人的空场地上,烦恼地来回走着。

一个多月新婚生活的热火劲,一下子就像浇了一盆凉水,扑灭了。事情已经清楚地表明,丽英全部感情的根还植在她的儿子身上!

他猛然想到:她之所以和他结婚,是不是因为他的地位?当然,即使这样,他也是能容忍的。可是他不能容忍她对她过去的那个家还藕断丝连!用最一般的观念来说明他的思想,就是那句著名的话:爱情是自私的。

尤其是他走后这几天,她竟然扔下这个家不管,白天黑夜在医院照顾她的儿子。哼!连晚上也不回来!她只知道心痛她的儿子,而撇下他的女儿,让她生病!她难道不想想,她现在的家在这里!

他越想越气愤,困难地咽着唾沫,或者长吁,或者短叹。

他悻悻地朝街道上望去。街道上,阳光灿烂地照耀着一群群熙熙攘攘的人群。他忍不住感叹：那些人有没有像他这样的烦恼呢？也许这世界上只有他是一个倒霉透顶的人！命运一方面给他甜头，另一方面又给他苦头……

不知为什么，他一下子又想起了他原来的爱人——那个活泼、爱说爱笑的县剧团演员。她尽管没什么文化，但很会让他开心。他们曾共同生活了多年。现在她已经成故人了。他记起了葬礼上那些悲惨的场面；可怜的玲玲哭得几乎断了气……两颗泪珠不知不觉从卢若华的眼角里滑出来了。

他掏出手帕沾了沾眼睛。

他现在觉得，他要为眼前这个新建立起来的家庭想些办法；他绝不能允许这种情况再继续发生了。他得设法让这个女人完全成为他的。

他非常愤恨她这几天的行为！她应该知道，她找他卢若华这样的丈夫容易吗？她不应该让他生气；她应该全心全意爱他！

他立刻回到了教育局，抓起电话机，就给县医院住院部打电话。不用说，他在电话里对丽英态度不太好……

二十六

丽英心情麻乱地离开医院，向家里走去。

她的心一方面还留在医院里，另一方面已经到了家里。

她在南关街道上匆匆地走着，强忍着不让泪水从眼里涌出来。

她想念着兵兵。孩子病中的哭声还在她耳边响着；孩子病愈后的笑脸还在她的眼前闪动着。

她也想着那个她已经丢开了几天的家。卢若华电话里的吼叫声也在她耳边响着；他那因恼怒而涨红了的脸她也似乎看见了……

她走过街道，所有的行人都在秋天灿烂的阳光下显得很愉快。她也像卢若华那样想：这些人没烦恼！命运在这世界上就捉弄她一个人！

她内心中从来没有像现在这样更留恋着她的儿子。当他不属于她时，她才知道这孩子对她是多么重要！

当然，她也恋着她现在的家。这个家使她富裕，并且让她在这个世界上活得体面、光彩！

现在不管怎说，她亲爱的兵兵总算恢复了健康。她这几天被提到嗓门眼上的心又回到了胸腔原来的位置上。她本想和孩子再多呆一会儿，却招来了卢若华电话里的一顿吼叫！她想：这几天她确实没管家里的事，可能有些烂包。再说，她这几天也没管玲玲，孩子可能受了些委屈。老卢爱这孩子，因此动了肝火。可是她又想：亏你还是个局长哩！你爱你的孩子，难道我就不能爱我的孩子？再说，我兵兵已经病成了这个样子……

丽英在心里麻乱地想着，迈着快步进了家门。

家里什么人也没。她现在看见的那种乱七八糟的景象，完全是卢若华刚回来时的老样子。她知道她几天没回来，玲玲把东西都拉乱了。她同时也明白了，老卢为什么在电话里给她发脾气。

她很快将功补过，手脚麻利地开始收拾屋子。她盼望此刻卢若华不要进家门,让她在这段时间把一切都收拾好,等他回来时,看见屋里顺眼了,他的情绪也许就能平静下来。

谢天谢地!她把屋子全收拾好后,卢若华还没回来。

现在她想她应该很快动手做饭。

做什么饭呢?她想到老卢是关中人,爱吃面。干脆做油泼辣子面,他准满意!

她尽管几天几夜没睡好觉,身子困乏,眼睛发黑,但仍然不敢坐下来休息一下,即刻就动手切起了菜。

切好菜,正准备擀面,卢若华拉着玲玲的手进来了。

她赶忙对他父女俩说:"你们坐一坐,让我给咱擀面,菜已经切好了……"

"我和玲玲在刘主任家已吃过了。你做你自己吃……"卢若华脸沉沉地说,拉着玲玲进了套间。

丽英手里拿着擀面杖,一下子站在了脚地当中。她看见卢若华仍然是恼悻悻的,看来根本不原谅她。

既然他们已经吃过了,她做这饭还有什么意义!她虽然没吃饭,但哪有什么心思吃饭!她之所以忙了这一阵,都是为了讨好他的。既然人家不买这账,她还有什么必要大献殷勤呢?

她把擀面杖放在案板上,一时手足无措,不知自己该做什么。

她像一个做错了事的孩子,局促地坐在床沿上,低下头,抠着手指头。她等着卢若华从里屋出来——看他将怎样数落她。她在心里敬畏他。这个管着全县大小一二百个学校,并且很受县上领导器重的人,一直对她的精神有一种强大的压迫感。

这个当年在高广厚面前敢放嗓子骂人的女人，现在连大气也不敢出，静悄悄地坐在床边上。

不一会儿，卢若华迈着慢腾腾的脚步出来了。

她没看他。但她知道他打量了她一眼。

"娃娃的病好了？"他开口问了一句。

"嗯……"她回答。

"你知道不知道玲玲也病了？"他的话显然怀着一种恨意。

"兵兵病得厉害，急性肺炎，这两天我没顾上回来……"

"那高广厚干啥去了？"

"他在。娃娃病重，他一个人……"

"那晚上你也不能回来？"

"……"

卢若华的这句话显然怀有恶意，她觉得不能回答他。

见她不言语，卢若华看来更恼火了，他竟然气愤地喊叫着："你们两口子光顾你们的娃娃！"

丽英一下子震惊得抬起了头。她惊讶地看见，她的这个平时文质彬彬的丈夫，此刻脸上露出一种多么粗俗的表情！

她一下子双手捂住脸，痛哭流涕地从屋子里跑出去了。

她来到院子里，靠在一棵槐树上，伤心地痛哭着。

她哭了半天，突然觉得有一只手搭在了她的肩膀上。

她知道这是卢若华——这是要和她和好了。

"请你原谅我……因为我爱你，才这样哩……你别哭了，万一来个人，影响……"她听见他在背后温柔地说着这些话。

但丽英并没有像往常那样感到受宠若惊。

她掏出手绢，揩去脸上的泪痕，也没和卢若华说什么，就一个人转身回到了屋子里。卢若华也一步一叹息，跟着她回来了。

一场风波就这样算平息下来。

二十七

刘丽英在卢若华道歉以后，就又与他和好了。但是，从这以后，蜜月也随之结束了。一些小口角不时出现在饭桌或者床铺上。

也许这才算开始了真正的家庭生活了吧？因为据有人说，真正的夫妻间的生活，往往是伴着一些小口角的。

可是丽英再不像以前那般活泼或者说有点轻浮了。这个美丽的女人似乎变得庄重起来。

自从兵兵那场病以后，她强烈地意识到了一种母亲的责任。而她现在又无法尽这种责任，这使她感到非常痛苦。

另一方面，她隐约地，或者说明显地感到，她的新丈夫身上露出来的一些东西，已经使她感到有点不舒服。

她一下说不清他的这些东西是一种什么性质的。总之她凭感觉，知道这不是些好东西。

一个能认真思考的人，就不会再是一个轻浮的人。

丽英对她的新生活的热情无疑减退了。反过来对孩子的思念却变得越来越强烈。兵兵的影子时刻在她眼前晃动着。

她有时整晚整晚睡不着觉。卢若华对她表示的亲热已经有点生硬，而她也再不像过去那样对他百依百顺。

白天她像应付差事似的去幼儿园上班。晚上回来，也不再经常坐在电视机前。她想起要给兵兵做一身棉衣——因为冬天就要到了。

这件针线活在家里做不太方便，她就晚上拿着去胖大嫂家串门做。胖大嫂的男人虽然年纪比卢若华大，但他是老卢的下属，在县教育局当文书。因此这一家人对她很热情。

有一天晚上，就两个女人在灯下做针线活的时候，胖大嫂无意间告诉她，说他男人前几天回来说，教育局下学期可能要把高广厚调出高庙小学，说要调到离县城最远的一个农村小学去，说那地方连汽车也不通……

丽英立刻紧张地问："为什么要调他？"

这个爱多嘴的胖女人犹豫了一下，诡秘地笑了笑，说："听说你原来的男人和卢局长的妹子好上了，卢局长很恼火……"

丽英立刻感到头"嗡"地响了一声。

她现在根本顾不了高广厚和卢若琴的长长短短。她首先考虑的是：兵兵将离她越来越远了！亲爱的儿子将要到一个荒僻的地方去了！那里不通汽车，她要再见他一面就不容易了……

她感到一种生离死别的悲伤！

她即刻告别了胖大嫂，说她要回去烧开水，就匆忙地回家去了。

卢若华正伏在桌子上给一个副县长写什么报告，满屋子烟雾缭绕。

她一进门就忍不住问："你是不是把高广厚的工作调了？"

卢若华在烟雾中抬起头，先惊讶地看了看她，然后沉下脸，问："谁给你说的？"

丽英一看他这副模样，就着急地问："那这是真的？"

"这局里出了特务了！他妈的！放个屁都有人往外传！"卢若华把笔愤怒地掼在桌子上，站起来，问，"你听谁说的？"

"不管谁说的，我只求求你，别调……主要是我的娃娃，他……"丽英一下子哽咽得说不下去了。

"你的娃娃？你就记着你的娃娃！"卢若华气愤地吼叫说，"没想到，我的所有一切都毁到自家人手里了！你是这个样子，人家又传若琴和高广厚长长短短，你看我这人能活不能活了？"他用手指头揩了一下口角，一屁股又坐在椅子里，愤怒地盯着桌子上的镜子——镜子里的那个人，也愤怒地盯着他。

"你看在娃娃的面子上，不要……"丽英哽咽着说。

"那是高广厚的，我管不着！"卢若华已经有点面目狰狞了。

丽英看见他这副样子，绝望地说："那这就不能变了？非要调不行了？"

"不能改变！"他斩钉截铁地说。随后他又补充了一句："这是为了大家都好……"

丽英一下子冷静了下来。她想：眼泪是不会打动这个人的。她用手绢揩去脸上的泪迹，对那个穿一身呢料衣服的人说："你是一个没有心肝的人……"

"放肆！"卢若华第一次听丽英骂他。她竟敢骂他！他一下子站起来，冲她喊："混蛋！你给我滚出去！"

丽英看着那张扭歪了的难看的面孔，牙齿痛苦地咬住了嘴唇，接着便转身出去了。

二十八

刘丽英和卢若华热火了一个来月的家庭生活，一下子就泡在冰水里了。两个人实际上都对对方产生了一种说不出的厌恶感情。

卢若华动不动就破口骂她，那些骂人话若是丽英给外人说了，大概不会有人相信这些不堪入耳的词语是出自尊敬的卢局长的嘴巴。更使她难以忍受的是，正在他满嘴脏话辱骂她的时候，要是突然来了个县上的领导，他能立即恢复他老成持重、彬彬有礼、谈吐文雅的风度，和一分钟之前截然成了两个人。对于这种变化的迅速和变化的不露痕迹，刘丽英简直顾不得厌恶，而是先要吃惊老半天，就像小孩看耍魔术一样。是的，卢若华在生活中是一个演员。演员演完戏，下了戏台，就变成了常人。可是卢若华时刻都在演戏。他那真实的面孔用虚伪的油彩精心地掩饰起来，连经常爱坐在前排位置上的领导人也看不出来，一般人也许更看不清楚了。

可刘丽英现在看清楚了，因为她在他的床上睡了一个多月觉，和他过了这么一段夫妻生活。

痛苦像毒蛇一般啃啮着她的心。

可怜的女人!她付出了那么惨重的代价,尽管大家可以指责她的行为,但她归根结底是为了能寻找一种正当的幸福,她的追求尽管带着某种令人厌恶的东西,但就她自己来说,她愿意自己的新夫不仅在社会上体面,而且也是一个正派的人。归根结底,她出身于一个老实庄稼人的家庭,还没有完全丧失尽一个普通劳动者对人和事物的正常看法。她现在清楚地看到,卢若华是一个伪君子。

她的胸口像压了一扇磨盘。她想不到灾难这么快就又降临到她的头上。她在心中痛苦地喊叫说:这是报应!她现在甚至相信天上真有一个神灵,专门来报应人间的善恶。她记起了那句古训:善有善报,恶有恶报……

怎么办?再离婚吗?天啊!短短的时间,就离两次婚,她还是个人吗?她想来想去,不知该怎办。看来只能这样忍气吞声地活下去了。

可是,这样生活,还不如去死。她对卢若华越来越厌恶了,而卢若华也越来越厌恶她,经常骂她混蛋,让她滚蛋。

这天下午,卢若华没事寻事,硬说她在菜里放的盐多了,咸得不能吃,又开始破口大骂了。她顶了几句,他竟然把饭碗劈面朝她扔来,菜和面条撒了她一身一脸!

她再也不能忍受了,也把碗向那个衣冠楚楚的局长扔了过去。两个人便在房子里打了起来;玲玲也过来帮着她爸,父女俩把她一直打得滚到床底下……

第二天上午，双方就到法院办了离婚手续——法院办这次离婚案很干脆，连说合双方和好的老规程也免了。

这件事在本县当代婚姻史上，也可以算一件不大不小的奇闻，因此引起了社会上广泛的兴趣，各界人士都在纷纷谈论。

在全城人热心评论这件事的时候，第二次离了婚的刘丽英，就又回到她乡下的娘家门上了。城关幼儿园的职务随着婚姻的结束，也结束了。这倒不是卢若华把她免了的，而是刘丽英自己再不去了——因为这个工作是卢若华恩赐给她的，她决不会继续做这工作了。

她告别了一个贫困的家庭，又告别了一个富裕的家庭；她离开了一个没地位的男人，又离开了一个有地位的男人。现在她又成了她自己一个人。

他们村舆论的谴责全部是针对她的。高广厚她看不上，大家似乎还能原谅。但她竟然和县上一个局长也过不到一块，这大概就是她的不是了。

她家里人也都把她看成了个丧门星，兄弟姐妹都恨这个丢脸货，谁也不理她。就连外村一个亲戚家孩子病了，巫婆也断定这是因为她造的孽而引起的。

年老的父母亲可怜她，让她住在牛圈旁边一个放过牲口草料的小棚里。老两口都急得犯了病，在土炕上双双躺倒了。

丽英自己也躺在这个潮湿的小草棚里流眼泪。她除了上厕所，几乎白天黑夜不出门，也很少吃东西。白嫩的脸憔悴了，两只美丽的眼睛深陷在眼窝里，再也没有了过去那风流迷人的光彩。

她躺在这个不是人住的牲口草料棚里，心酸地回顾着她三十一年的生活历程。生活像一面巨大的镜子竖在她面前，让她看见了她自己的过去。她几乎认不出来那个她。她是谁？

这时候，她很自然地想起了过去的家，她的第一个男人。因为那一切对她来说，毕竟是熟悉的，也是她习惯了的。她想起高广厚怎样热爱她，她怎样折磨他。一种深深的负罪的情感弥漫了她的心头。她对不起那个老实人。他是一个好人。她突然记起了一本什么书上的调皮话："我并不穷，只不过没钱罢了。"啊，这话可并不调皮！这里面意思深着呢！高广厚虽然穷，但他是一个善良的、实在的、靠得住的人；而卢若华虽然有钱有权，但心眼子不对！就是的！连他妹妹也反感他！

她一边想东想西，一边流泪。高广厚和兵兵的脸不时在她眼前闪来闪去。有时候，两张脸重叠在一起……是的，他俩长得多像！怎能不像呢？他是他的儿子……

可是，想这一切现在又有什么用呢？她现在就是认识到他好，甚至爱他，但她也已经失去了这种权利。她深深知道，她实际上用她的残忍，整个地撕碎了他的心。那个男人心上的伤口只能让另外的手去抚合——她的手对那颗心是罪恶的！

现在有没有人去抚慰他受伤的心灵呢？

当然有。那必定是若琴了。她已经知道了，社会上都在传他们两个的事呢！她从卢若琴对高广厚的态度里（不管是爱不是爱），才实实在在地体验到高广厚并不是她原来认为的那样，而是一个有价值的人。

"我并不穷，只不过没钱罢了……"她又想起了这句调皮话——不，不是调皮话。

不知为什么，她现在不太相信高广厚和卢若琴的事是真的，因为广厚比若琴大十来岁呢（实际上是她不愿意相信这件事）。

可为什么这又不能成为真的呢？卢若华比她大好多岁，她不是也跟了他吗？再说，她在高庙时不是就感觉到，卢若琴对高广厚有好感吗？她又是个很有主见的女孩子，完全有可能去和广厚结合。唉，她也有那个资格。丽英知道，这一个多月里，若琴实际上就是兵兵的母亲！

一想起兵兵，她就痛苦得有点难以忍受。他是她活在这个世界上的唯一希望了。如果不是为了兵兵，说不定那天和卢若华离完婚，她就会在县里的那座大桥上跳下去了。

现在活是活着，可怎么活下去呢？和卢若华已经一刀两断；高广厚那里也是不可能再回去了。怎么办呀？再去和另外一个男人结婚？这是永远不可能了！她不能一错再错了！她已经尝够了这苦头！

所谓的幸福是不会再有了。她自己断送了她的一生。

但是，不论怎样，为了兵兵，她还要活下去，凄惨地活下去，活着看她的兵兵长大成人……

她一再想：她的兵兵长大后，会不会恨她？如果不恨，他会不会可怜她？会不会原谅他母亲年轻时的过错？

她想，假如有一天，兵兵也不原谅她了，那她就不准备再活在这个世界上了……

过了好几天，丽英才从床上爬起来，打开那扇破败的草房门，来到外面。

秋天的阳光依然灿烂地照耀着大地。这里的川比高庙那里开阔，平展展地一直伸到远方的老牛山那里。川道里，庄稼有的已经割倒，有的还长在地里，远远近近，一片金黄。清朗朗的大马河从老牛山那里弯弯曲曲流过来，水面被阳光照得明闪闪的。亲爱的大马河！亲爱的大马河川！这水，这土地曾把她养育大，但是，她却没有好好活人……

她揉着肿胀的眼，忍不住抬头向南面那座山梁望去。那山梁背后，就是高庙。只要顺着山梁上那蜿蜒的小路，就能一直走到山那面，走到那条尘土飞扬的简易公路上，走到那个她曾居住过好几年的地方；就能看见亲爱的小兵兵，就能看见……

她鼻子一酸，眼泪又从肿胀的眼睛里涌出来了。

站在埝畔上哭了一阵，她突然想起：再过九天就是兵兵的生日了！

她立刻决定：无论如何要在这一天去见一面孩子。哪怕不在高庙，在另外的地方她也要设法把孩子接出来见一见……

她重新回到那个小草棚里，盘算她给孩子的生日准备些什么礼物……

二十九

丽英现在的心完全被孩子生日这件事占满了。

她开始精心地为兵兵准备生日的礼物。她先为他做了一双虎头小棉鞋。棉鞋用各种彩色布拼成图案做面子，精致得像一件工艺品。她的针线活和她的人一样，秀气而有华彩。接着，她又为孩子做了一套罩衣。上衣的前襟和两条裤腿的下部，绣上了小白兔和几朵十分好看的花。至于棉衣，她早已经做好了。

她用母亲的细心白天黑夜做着这些活计。一针一线，倾注着她的心血，倾注着她全部爱恋的感情。小草棚里的煤油灯熏黑了她的脸颊；流泪过多的眼睛一直肿胀着；哆嗦的手几乎握不住一根小小的针。但她一直盘腿坐在那里，低头做着，把她的心血通过那根针贯注在那些衣服上。

夜半更深，山村陷入了沉寂的睡梦中，只听见隔壁牛嚼草料的声音。她一直坐在灯前，细心地、慢慢地做着这些活。这劳动使她伤痛的心有了一些安慰。她之所以做得慢，是怕把这些活很快做完了，那她就又要陷入痛苦中去了。

她一天天计算着，一天天等待着，盼着那个日子的来临……

兵兵的生日一天天近了，她浑身的血液也流动得快了，心也跳得剧烈起来。

直到现在，她还想不出她怎样去见兵兵。她只想要见到兵兵。另外那两个人她尽管也想见，但又觉得没脸见他们了。也许世界上只有兵兵不会嫌弃她，不会另眼看她——是的，只有兵兵了，兵兵！

村里人和家里人都回避她，像回避一个不吉祥的怪物。她也躲避所有的人，白天晚上都呆在那个小草棚里。外面灿烂的太阳和光明的大地已不属于她了。

她把给兵兵做的衣服和鞋袜整理好后,屈指一算,后天就是孩子的生日!

后天才是孩子的生日!那么明天一天她该干什么呢?再静静地躺倒在床上去痛苦,去流泪吗?

她一下想起,明天县城遇集,她干脆赶集去。在集上再给兵兵买些东西——光这些东西太少了。再说,她手头现在还有点钱。

可她又想:她怎好意思再出现在县城呢?那里她已经认识了许多人——许多有身份的人;他们要是看见她,那会多么叫人难为情。同时,肯定还会有许多人指着后脑勺议论她。

不,她想还是要到集上去。她起码应该再给兵兵买一顶帽子。她豁出去了!管他众人怎看呢!她总不能在这个小草棚里呆一辈子。她既然要活着,就要见太阳,就要呼吸新鲜空气,就要到外面的天地间去;她不能把这个黑暗的小草棚变成她的坟墓。

这样决定以后,她觉得心里似乎又淌过了一股激流,并且在她死寂的胸腔里响起了生命的回音。人们,去说吧,去议论吧,她的脸皮也厚了。她不再指望大家的谅解和尊重,也不需要谁再来同情她。她现在活着,为她的儿子活着;她还企图尽一个母亲的责任,为她的孩子长大成人而操磨……她并且还进一步想:如果广厚和若琴结了婚,她就央求他把兵兵给她——他们两个再生去!

第二天,她把自己打扮了一下——这没办法,她天生爱美——就提着个提包去赶集。

她离开村子的时候,庄稼人和他们的婆姨娃娃都怪眉怪眼地看她,似乎她是从外国回来的。

丽英难受地低头匆匆走着。这些在她小时曾亲过她的叔伯弟兄们,现在那么见外地把她看成一个陌生人——岂止是陌生人,她在大家的眼里,已经成了一颗灾星!

她不怨这些乡亲们。他们对这种事向来有他们的观念。她只是又一次感到自己由于没好好处理好生活,因而失去了人们的信任。大家现在都比她高一头。

丽英到了集上,给兵兵买了一顶小警察帽,又买了各式各样的点心和水果糖,并且没忘记买孩子最爱吃的酥炸花生豆。

谢天谢地,她在集上竟然没有碰见一个熟人。

晚上回来后,她把所有的东西都包在一个大包袱里,就躺在了床上。她听着隔壁牛嚼草料的声音,怎么也睡不着……

三十

高广厚在刘丽英和卢若华离婚的第二天就知道了这件事。

那天,若琴患重感冒,躺在床上起不来,他到城里给她买药,听见他的前妻和新夫又离婚了。

他的许多熟人都纷纷来告诉这件事,告诉这件事的一些细枝末节;所有的人都认为刘丽英自吞苦果,落了今天这个下场,活该。他们觉得这件事对老实人高广厚受过伤的心无疑是个安慰。

高广厚自己却说不清楚自己是一种什么心情。他只是匆匆买好了药，赶回高庙小学。他像一个细心的护士一样服侍若琴吃药，给她一天做了四五顿饭。不管若琴能不能吃东西，他过一会儿就给她端一碗香喷喷的饭菜来。

晚上，夜深人静时，他怎么也睡不着。他觉得他无法平静地躺在炕上，觉得身上有许多膨胀的东西需要舒散出来。

他给兵兵把被子盖好，就一个人悄悄爬起来，莫名其妙地在灶火圪崂里拉出一把老镢头，出了门。

他像一个夜游病患者一样，向后沟的一块地里走去——那是学校的土地，刚收获完庄稼。

他一上地畔就没命地挖起地来，不一会汗水就湿透了衬衣，沁满了额头。他索性把外衣脱掉，扔在一边，光着膀子干起来，镢头像雨点般地落在了土地上……老实人！你今夜为什么会有如此不可思议的举动呢？你内心有些什么翻腾不能用其他的办法，而用这疯狂的劳动来排解呢？

迷蒙的月光静静地照耀着这个赤膊劳动的人，镢头在不停地挥舞着，似乎在空中画着一些问号，似乎在土地上挖掘某种答案——生活的答案，人生的答案……

直到累得再也不能支撑的时候，他才一扑踏伏在松软的土地上，抱住头，竟然无声地痛哭起来；强壮的身体在土地上蠕动着，就像铧犁一般耕出一道深沟！谁也不能明白他为什么这样，他自己也不能全部说清楚他为什么这样。总之，他痛苦地激动着，觉得生活中似乎有某种重要的东西需要他做出抉择……

几天以后，他的心潮才平静了一些，竭力使自己恢复到常态中来。卢若琴的病也全好了。两个人于是就都张罗着准备给兵兵过生日了。不论从哪方面看，高广厚现在觉得他自己应该高兴一点才对——是的，他饱尝了生活的苦头，但总还摸来了一些值得欣慰的东西。

兵兵的生日碰巧是个星期天。

高广厚一早起来就把胡楂刮得干干净净，并且用去污能力很强的洗衣粉洗了头发。

看他那副样子，就像他自己过生日似的。

兵兵今天整四岁。

不幸的孩子像石头缝里的小草一样，一天天长大了。

眼下，高广厚不仅为兵兵的生日高兴，他自己也有些事值得庆贺：他的那本小册子眼看就要写完初稿了。感谢卢若琴四处奔波着给他借了不少参考书，使他能得心应手地搞这件大事。在他写作的过程中，若琴同时还帮他照料兵兵，也照料他的生活。她并且还给他的书稿出了不少好主意……

在教学中，他们两个也配合得很好，学校的工作越来越顺手。他们前不久又烧了两窑石灰，经济宽裕多了，教学条件可以和县城里的学校比！他们白天黑夜忙着，心里有说不出的愉快。正如一本小说的名字说的那样：工作着永远是美丽的。

高广厚和卢若琴早就提念起兵兵的生日了。昨天城里遇集，广厚说他离不开，托若琴到城里给兵兵买了一身新衣服和几斤肉，准备包饺子。卢若琴也给兵兵买了生日礼物：一身上海出的漂亮小毛衣，一个充气的塑料"阿童木"。

这天早晨,他们一块说说笑笑包饺子,兵兵穿着卢若琴买的那身蓝白相间的漂亮小毛衣,在他们包饺子的案板上搭积木,处心积虑地和他们捣乱。

擀面皮的卢若琴突然停下来,对包饺子的高广厚说:"老高,我昨天在集上听说丽英和我哥又离婚了……昨晚我就想告诉你,见你写东西,就……"

高广厚一下抬起头来,脸腮上的两块肌肉神经质地跳了几下。

他停了一下,说:"我前两天就听说了……"然后他低下头,继续包起了饺子,两只手在微微地抖着……

卢若琴看他这样子,很快擀完面皮,就从窑里出来,到学校院子的埝畔上溜达。

她突然看见坡底下的简易公路上坐着一个妇女,头几乎埋在了膝盖上,一动不动,身边放着一个大包袱。

卢若琴虽然看不见她的脸,但她很快认出了这是丽英!

她激动得一下子跑了下去,叫了一声:"丽英……"

刘丽英一下子抬起头来,脸上罩着悲惨的阴云,嘴唇抽动着,一句话也说不出来。

卢若琴看见这个曾经那么风流的女人,一下子就憔悴成这个样子,过去对她的全部不满,一下子都消失了。她说:"你坐在这儿干啥哩?快上去!你一定是给兵兵过生日来了!兵兵今早上起来就说,妈妈会给他送礼物来的……"

"我娃是不是说这话了……"丽英一下子站起来,眼泪像泉水似的从两只眼眶里涌了出来。

"真的说了。"若琴的眼圈也红了。

丽英用手擦着脸上的泪水,说:"你大概知道了我和你哥的事……我们离婚了……"

"知道了。"卢若琴说,"你离开他是对的。"

丽英低下头,立了好一会,才别别扭扭说:"若琴,你是好人,愿你和广厚……"

"啊呀!好丽英哩!你再别听别人的瞎话了!可能是我哥在你面前造的谣!我和老高什么事也没!请你相信我……你应该相信我!"卢若琴激动地解释着,脸涨得通红。她稍停了一下,又说:"我正想做工作,让你和老高……"

"那不可能了!广厚怎会再要我呢?"丽英打断了若琴的话,悲哀地说。

"不管怎样,你先上去嘛!"若琴走过去,拉起了丽英的手。

丽英说:"好妹子哩!我没脸再进那个窑了。你能不能上去把兵兵抱下来,让我看一下。不要给广厚说我来了。我给兵兵带了一点礼物……"她的手无力地指了一下地上的那个大包袱,泪水不停地在脸上淌着。

正在这时,兵兵突然跑在塄畔上喊:"卢姑姑,爸爸叫你来吃饺子哩!"

卢若琴赶忙喊:"兵兵!你看谁来了!"

251

兵兵一下子看见了丽英，高兴地大喊了一声："妈妈！"就飞也似的从小土坡上跑下来了！

丽英也不顾一切地张开双臂迎了过去！

她一把搂住兵兵，狂吻着他的小脸蛋。兵兵用小胖手给她揩着泪水，说："妈妈，你回家去……"

"不知你爸爸让不让妈妈回去？……"丽英对天真的儿子报以惨淡的一笑。

若琴向兵兵努了努嘴："你去问爸爸去！"

"我去问爸爸！"兵兵一下子从丽英怀里挣脱出来，向家里跑去。

丽英不知所措地站在公路上。若琴用手给她拍打身上的土。

兵兵很快拉着高广厚出来了。

高广厚来到院畔上，猛一怔，站住了。

兵兵硬拉着他的手下来了。

父子俩来到了公路上。兵兵丢开爸爸的手，又偎在了妈妈的怀里。丽英抱着兵兵，把头低了下来。

高广厚静静地看着她。

兵兵张开小嘴巴一个劲问高广厚："爸爸，你要不要妈妈回家？你说嘛！你要不要嘛！我要哩！我要妈妈！你要不要！你说……"

高广厚看着儿子，厚嘴唇嚅动了好一阵，嘴里吐出了一个低沉的字："要……"

抱着孩子的丽英一下子抬起头来，感情冲动地向高广厚宽阔的胸脯上撞去，使得这个壮实的男人都趔趄了一下！

他伸出两条长胳膊，把她和兵兵一起搂在了自己的怀抱里……

在丽英向高广厚扑去的一刹那间，卢若琴就猛地背转身，迈开急速的脚步，沿着简易公路大踏步地走动起来。她任凭泪水在脸上尽情地流。她透过喜悦的泪花，看见秋天成熟的田野，在早晨灿烂的阳光下一片金黄。一阵强劲的秋风迎面扑来，公路两边杨树的枯黄叶片纷纷地飘了下来，落在了脚下的尘土中。她大踏步地走动着，在心里激动地思索着：生活！生活！你不就像这浩荡的秋风一样吗？你把那饱满的生命的颗粒都吹得成熟了，也把那心灵中枯萎了的黄叶打落在了人生的路上！而是不是在那所有黄叶飘落了的枝头，都能再生出嫩绿的叶片来呢？

她决定要给哥哥写一封长长的信……

*原载《小说界》1983年中篇专辑。

一生中最高兴的一天

事情得从一台收录机说起。

我在地区中师毕业后,回到我们县城的一所小学教书,除过教书,还捎带着保管学校唯一的一台收录机。

放寒假时,学校为了安全,让我把这宝贝带回家去保管。我非常乐意接受这个任务。我是个单身汉,家又在农村,有这台收录机做伴,一个假期就不会再感到寂寞了。

不用说,山区农村现在也是相当富裕了,但收录机这样较为高档的商品还不多见。不是说没人能买得起。对于大多数农民来说,这东西价钱昂贵,却没有什么实用价值。花那么多钱买这么个"戏匣子"还不如买几头肥猪。

可是我把这台收录机带回家后,村里人又感到特别新奇:因为据说这家伙不光能唱歌,还能把声音也"收"进去呢。于是,一到晚上,少不了有许多人拥到我们家来围着它热闹一番。他们百听不厌的节目是韩起祥说书。其中最热心的听众就是我父亲。父亲虽然年近六十,一个字也不识,但对什么稀罕事总是极其关心。有时甚至关心到了国外,比如经常向我打听阿尔巴尼亚的情况。对于这台收录机,他当然惊叹不已。尽管有线广播听了好多年,只是有一点他直到现在还是理解不了:为什么这个小匣匣,里面就能"藏"下那么多人?

转眼到了大年三十。这是农村一年一度最盛大的节日。除夕之夜,欢乐的气氛笼罩着我们的村庄。家家窗前点上了灯笼,院子的地上铺满了炸得粉碎的红红绿绿的炮皮。在那些贴着窗花和对联的土窑洞里,一家人围坐在一起吃"八碗"。说是八碗,实际上主要是把各种形状和式样的肥肉块子装在八个碗中。农村人虽然富了,但吃肉还没有到城里人剔肥拣瘦的程度。他们的肠胃仍然需要油水。好,那就尽情地吃吧。拣肥的吃,放开肚量吃吧。而今这样好的年头,又是自己喂的猪,不吃做什么!

父亲吃了一老碗肥肉(足有一斤半),用袄袖子抹了抹嘴,然后就心满意足地拿起旱烟锅,盘腿坐在黑羊毛毡上,自个儿笑眯眯地抽起了烟。此刻,外面已经是一片爆竹连天了。全家人先后放下了碗筷。弟妹们迫不及待地跑到邻家找小伙伴们放炮去了,母亲颠着小脚到隔壁窑洞准备明早上的饺子馅。一刹那,屋子里就剩下了我和父亲。一片欢乐而愉快的宁静。

父亲舒服地吐纳着烟雾,对我说:"把你那个唱歌匣匣拿出来,咱今晚上好好听一听。"他安逸地仰靠在铺盖卷上,一副养尊处优的架势。他的享乐的神态使我高兴。是的,这几年家里的光景一年比一年好，他此刻应该这样度过这个令人高兴的夜晚。

我赶忙取出收录机，放他老人家爱听的韩起祥说书。父亲半闭着眼睛，一边听，一边用手悠闲地捋着下巴上的一撮黄山羊胡子。韩起祥的一口陕北土话，在他听来大概就好像是百灵鸟在叫唤。每当听到绝妙之处，就忍不住张开没门牙的嘴嘻嘻地笑个不停，活像一个老太太。我于是下意识地望了一眼墙壁上奶奶的照片。此刻他真像我已经去世的奶奶。奶奶的相片下，是父母亲的合影。从相片上看，那时父母亲并不怎显老，可现在也已经像奶奶那般老了。我想，也许过不了几年，那张合影也会成为遗照。这个联想太不吉利。我在心里祝愿二老身体健康，万寿无疆。我记得，奶奶的相片是父亲在她老人家生前张罗着照的。父母亲的相片是我在前几年张罗着为他们照的。自从照相流行以来，乡下人最看重的一件事，就是给年迈的双亲照张相片，然后放大，挂在墙上，以做永久的纪念。在乡下，不论走到哪家，都能在墙壁上看见几位老人的相片。他们穿戴整齐，两只粗糙的劳动者的手，规规矩矩放在自己的膝盖上，温厚地注视着他们生活了一辈子的家和仍在这个家生活着的他们的儿女子孙……

这时候，韩起祥的书正说到了热闹处，急切的嗓音和繁密的三弦呱哒板声响成一片，好像一把铲子正在烧红的铁锅里飞快地搅动着爆炒的豆子。我父亲的情绪也高涨到了极点，他竟然也用漏气的陕北土话，跟着老韩嚷嚷起来，手舞足蹈，又说又唱。他已经把这段书听了许多遍，几乎可以背诵如流。

我被父亲逗得哈哈大笑，并且觉得眼眶里热辣辣的。父亲，你尽情地高兴吧。你应该高兴。你和像你一样年老的庄稼人，能逢迎上而今这样的好世事，真是太幸运了。

看着父亲得意忘形地又说又唱，我突然冒出了一个新鲜的念头：我为什么不用这台收录机录下父亲的一段声音呢？这样在他故世以后，我们这些后辈人就不仅能从相片上看见他的容貌，而且也能在收录机里听见他的声音哩。是的，这现代化的设备能够留下伟人的声音，庄稼人的声音也是可以留下的。

等韩起祥一说完，我就对父亲说："爸，干脆让我把你的声音也录下来。"

"我的声音？"

"嗯。"

"能录下来呢？"

"能。"

我换了一盒空磁带，按了一下键钮，对他说："不信你试试。你现在先随便说一句什么话。"

他突然惊慌起来，连连摆着手，说："我不会说！我不会说！"

我很快卡住机关，然后放给他听。录音机里传出了他的声音："我不会说！我不会说！"

父亲吃惊地叫起来："这不是我的声音吗？"

"就是你的声音。就这样，你随便说什么都行。让我把你的声音录下来，以后就是你不在人世了，我们这些后人还常能听见你说话哩！"

"搁的年代长了，声音怕要跑光了……"

"跑不了！这盒磁带不好了，还能录在另外的磁带上。"

父亲显然对这事发生了极大的兴趣。他跃跃欲试，但又有点不好意思，格外紧张地把腰板往直挺了挺，像要进行什么隆重仪式似的，两只手把头上的毡帽扶端正，庄严地咳嗽了一声。他突然像小孩子一样红着脸问我："我说什么哩？"

我忍不住笑了，对他说："你随便说什么都行。比如说你这一生中最高兴的一天……"

一生中最高兴的一天？哈呀，这怎说哩……好，叫我想一想。噢，对了，要说最高兴的一天，那当然是我和你妈成亲的那……你看我！说些甚！噢，对了，我记起了一宗事。好，那我就说这宗事……

那天，也正像今天一样，过年哩……我这样说你看行不行！行！好，那我就再给咱往下说……

提起那年头，真叫人没法说。冬天的时候，公社把各大队抽来的民工都集中到寺佛村，像兵一样分成班、排、连，白天大干，晚上夜战，连轴转到了年底，还不放假。到过年的前一天，公社书记来宣布说，要过革命化春节，过年不放假了。大家一听都炸了。大年三十早晨，所有的民工都跑了个精光。嘿嘿，我起先还不敢跑，后来见众人都跑开了，我也就跑回来了。

不知你还记得不？那天早上我跑回家时，你们母子几个围一块烂被子，坐在炕上哭鼻子哩。看了这情景，你不知道我心里有多难受！哭什么哩？哭恓惶哩。那年头，全村人在一个锅里搅稠稀，大家都穷得丁当响，过年要甚没甚。咱家里就更不能提了。旁人家歪好都还割了几斤肉,咱们家我没回来,连一点肉皮皮都没有。你大概记得,那年头私人不准养猪。集体养的猪又不能杀,要交给公家。那时候嘛,队里能有多少粮喂猪?养几头猪,卖给公家,公家再给发点肉票,到一家头上,也就那么几斤。咱家的几斤肉票早让你舅拿去给儿子办喜事去了。唉,再说,就是有肉票,你们母子手里也没一分钱呀!

当时,我折转身就往县城跑。我没敢在你们面前哭,可在路上我哭了好几回。为什么哭哩?还不是心疼你妈和你们几个娃娃嘛!这就要过年呀,连点肉都吃不上。我恨我。一个男人,就这么无能啊!我当时想,我今天出去就是抢也要抢回几斤肉来。

进了县城,已经到了中午。我赶忙跑到了肉食门市部。一看,门关得死死的。唉,明天过年,人家早下班了。

这下可没指望了。我长叹了一口气,抱住头蹲在了门市部前面的石台子上,真想放开声哭一场。

蹲了半天,心想,哭顶个屁。干脆,让我到后门上看有没有人。

我来到后门上,门也关着,不过听见里面有人咳嗽。我站着,不敢捣门。为甚?怕。怕什么?当时也说不清。过了一会儿,我突然冒出了个好主意。哼,别看你老子是个笨老百姓,到紧火时,脑瓜子还聪敏着哩。我想,如果我说我是县委书记的亲戚,他门市上的人还敢不卖给我肉吗?那时候咱县上的书记叫什么名字来着?冯国斌?对,就叫个冯国斌。可当时我不知道他的大号,只知道冯书记姓冯。好,我而今就是冯书记的亲戚了。

就这样,我硬着头皮敲开了肉食门市部的后门。门先是开了一条缝，露出一颗胖头。还没等胖头开口，我就忙开口说，我是县上冯书记的亲戚。胖头问什么事，我对他说，冯书记让你们给我割几斤肉。

哈，不用说，胖头起先根本不相信我是冯书记的亲戚。他打量了我半天。后来大概又有点相信了。共产党里的大干部大都不是穷人出身吗？他们也许少不了会有几个穷亲戚的。胖干部也就不说什么，把门打开，让我进去了。

他把我直接领到肉库里。哈呀，我一下子呆了。我看见肉库里码着一人多高的猪肉，都是最肥的。这胖干部问我要几斤，我慌忙从怀里掏出了全部的钱——一共四块。我问他一斤多少价钱，他说一斤八毛钱。我说，那就割五斤吧。不过，我当时心里暗暗叫苦：我原来只想割上二斤肉，够你们母子几个吃一顿就行了。我不准备吃，因为我今年在民工的大灶上吃过两顿肉，可你们母子一年几乎没喝一口肉腥汤哩。我想余下两块多钱，给你妈买一块羊肚子毛巾——她头上那块毛巾已经包了两年，又脏又烂；再给你们几个娃娃买些鞭炮。吃肉放炮，这才算过年呀。可眼下我想，一个县委书记的亲戚走一回后门，怎能只割二斤肉呢？我就只好咬咬牙把这四块钱都破费了。我虽然这样大手地把四块钱都花了，但那个胖干部却明显地嘲笑冯书记的这个穷酸亲戚的。他当然没说，我是从他脸上看出来的。

但不管怎样，我总算割到了肉，而且是一块多么肥的刀口肉啊！

我走到街上，高兴得真不知如何是好。我想我把这块肥肉提回家，你妈，你们几个娃娃，看见会有多高兴啊！咱们将要过一个富年啰！

我正在街上往过走,一个叫花子拦住了我的路。我一看,这不是叫花子,原来是高家村的高五,和我一块当民工的。他老婆有病,又有八个孩子,光景比咱家还烂包。他本人已经熬累得只剩下了一把干骨头。

　　高五穿一身开花棉袄,腰里束一根烂麻绳,当街挡住我,问我在什么地方割了这么一块好肉,我没敢给他实说。我怕他知道了窍道,也去冒充县委书记的亲戚。这还了得?叫公安局查出来,恐怕要坐班房哩!我就给他撒谎说,我的肉是从一个外地人手里买的。高五忙问我,那个外地人现在在什么地方?我说人家早走了。高五一脸哭相对我说,前几天公家卖肉的时候,他手里一分钱也没。直到今早上才向别人央告着借了几个钱,可现在又连一点肉也买不到了。他说大人怎样也可以,不吃肉也搁不到年这边,可娃娃们不行呀,大哭小叫的……他瞅了一眼我手里提的这块肉,可怜巴巴地说,能不能给他分一点呢?说实话,我可怜他,但又舍不得把这么肥的肉给他分。我对他说这肉是高价买的。他忙问我多少钱一斤,我随口说一块六毛钱一斤。不料高五说一块六就一块六,你给我分上二斤!

　　我的心眼开始活动了,心想,当初我也就只想买二斤肉,现在还不如给他分上二斤呢。实际上,你娃娃知道不,我当时想,要是一斤一块六卖给高五,我就一斤肉白挣八毛钱哩!拿这钱,我就可以给你妈和你们几个娃娃买点过年的礼物了。这买卖当然是合算的。我迟疑了一下,对他说,那好,咱两个一劈两半。可怜的高五一脸愁相马上换了笑脸。

就这样，高五拿了二斤半肉，把四块钱塞到我手里，笑呵呵地走了，倒好像是他占了我的便宜。好，我来时拿四块钱，现在还是四块钱，可手里却提了二斤半一条子肥肉。这肉等于是我在路上白捡的。好运气！

我马上到铺子里给你妈买了一条新毛巾，给你们几个娃娃买了几串鞭炮。还剩了七毛钱，又给你们几个馋嘴买了几十颗洋糖……

我一路小跑往家里赶。一路跑，一路咧开嘴笑。嘿嘿，我自个儿都听见我笑出了声。如果不是一天没吃饭，肚子饿得直叫唤，说不定还会高兴得唱它一段小曲哩……你不是叫我说我一生中最高兴的一天？真的，这辈子没有哪一天比这一天再高兴不过了。高兴什么哩？高兴你妈和你们几个娃娃过这个年总算能吃一顿肉了。而且你妈也有了新头巾，你们几个娃娃也能放鞭炮，吃洋糖了……

我"啪"一下关住了收录机，什么话也没说，丢下父亲，心情沉重地一个人来到了院子里。此刻，晴朗的夜空星光灿烂，和村中各家窗前摇曳的灯笼相辉映，一片富丽景象。远处传来密集的锣鼓点和丝弦声，夹杂着孩子们欢乐的笑闹声。村庄正沉浸在节日的气氛中。远远近近的爆竹声此起彼伏，空气里弥漫着和平的硝烟。此刻这一切给我的心灵带来无限温馨的慰藉……

图书在版编目（CIP）数据

一生中最高兴的一天／路遥著 .—— 北京：北京十月文艺出版社，2024.2（2024.6重印）
ISBN 978-7-5302-2138-9

Ⅰ.①一… Ⅱ.①路… Ⅲ.①中篇小说－小说集－中国－当代②短篇小说－小说集－中国－当代 Ⅳ.①I247.7

中国版本图书馆CIP数据核字（2021）第045994号

一生中最高兴的一天
YISHENG ZHONG ZUI GAOXING DE YITIAN
路遥 著

出　　版	北京出版集团
	北京十月文艺出版社
地　　址	北京北三环中路6号
邮　　编	100120
网　　址	www.bph.com.cn
发　　行	新经典发行有限公司
	电话 010-68423599
经　　销	新华书店
印　　刷	河北鹏润印刷有限公司
版　　次	2024年2月第1版
印　　次	2024年6月第4次印刷
开　　本	890毫米×1270毫米 1/32
印　　张	8.5
字　　数	180千字
书　　号	ISBN 978-7-5302-2138-9
定　　价	49.00元

如有印装质量问题，由本社负责调换。
质量监督电话 010-58572393

版权所有，未经书面许可，不得转载、复制、翻印，违者必究。